그날의 바람엔 작은 공무늬가 가득했다

그날의 바람엔 작은 공무늬가 가득했다

채은
소설

디자인이음

목숨을 걸고 뭍으로 나와야 알을 낳을 수 있다.

산란기를 맞이할 수많은 거북에게.

차례

1. 제주

점은 그냥 지나쳐지지 않는다

- 나는 있지, 뱃속에 거북이 알을 품고 있어요.

바닷결이 바람처럼 휘몰아치던 제주, 윤수는 아무것도 묻지 않는 얼굴로 나를 바라보았다. 거짓말처럼 아무것도 담겨 있지 않아서 괜히 먹은 걸 다 토해내고 싶은 기분이었다.

- 거북이에게 강간을 당했거든요.

사람이 알을 낳는다니 웃기지도 않았다. 다들 비웃으리라는 것도 알았다. 그런데 그렇게밖에 말할 수 없는 나는, 내 삶은 조롱거리로 삼기에 마땅한 것이 이미 되어버렸는데. 이제 와 변명해도 아무것도 달라지지 않을 텐데, 너무 많이 지나쳐버린 지금, 나 스스로도 믿지 못하게 되어버렸는데.

- 나는 이제 어쩔 수 없이 그런 사람이 되었어.

윤수는 손도 내밀어주지 않고 그저 나를 보았다. 윤수는 바다도 삼키지 못할 무언가를 가진 사람처럼 보였다. 그것이 견고함이든, 바다보다 더한 혼돈이든, 고작 열일곱인 나는 그 순간 그에게 모든 걸 던지고 싶었다.

세상에는 그런 류의 것들이 있다. 무슨 짓을 해도 바꿀 수 없는 것들. 인간에게는 누구나 자신의 삶을 송두리째 변화시킬 어떤 점(点)이 운명의 길목에 놓여 있다. 그 점에 다가가기 직전까지 인간은 경고등도 무시한 채 과속하듯 내달리다가, 딱 그 점을 지나는 순간 모든 것이 바뀌는 것이다. 자신이 스스로를 정의해온 말까지도.

그 점은 사실 단순한 평면의 점이 아니다. 우리가 인지조차 못하는 다차원의 우주다. 그 우주는 겁도 없이 그 위를 지나치는 인간의 발목을 휘어잡고 거대한 비밀의 중력으로 인간을 뭉개고 잡아당긴다. 마침내 무한의 시공을 통과하여 아무 데나 내뱉어진 인간은 그 안에서 알게 된 것들에 파묻혀 영영 그 점 속에서 살아간다. 내뱉어진 줄 알지만 그렇게 빠져나온 공간마저 점의 일부일 뿐이기에.

가끔 그 점의 불가피함을 깨달은 몇몇 인간은 그 점을 두고 '사고(事故)'라 부른다. 사고는 기억에 착 달라붙어 떨어지지 않는다.

'사고'가 붙었건 말건 모든 기억은 바스라진다. 우리의 관심 밖으로 밀려나는 순간 가루가 되어버린다. 하지만 가루가 된다고 사라지는 건 아니다. 그렇게 조용히, 먹잇감을 쫓는 맹수의 노오란 눈처럼 치켜떠진 채 기다리는 것이다. 자신을 다시 기억해줄 때까지. 인간은 얕은 바람에도 휘 날아가버리는 기억의 가루를 정말로 가벼이 여긴다. 기억은 그 순간을 노린다.

그리고 다시 되살아난 기억은 야금야금 마음을 잠식한다. 결국 얼굴에 쓰고 있던 가면까지 갉아먹고 나면 그는 만족스러운 얼굴로 얄밉게 씩 웃고는 속삭인다.

이제 네가 바스라질 차례야.

스물셋

스물셋의 나는 해방촌의 오르막길을 오른다. 한때는 누군가의 꿈이었던 길을 그저 견디는 발걸음으로 걷는다. 나는 왜 굳이 이곳으로 오게 되었을까. 누구도 훼방 놓을 수 없는 작은 공간을 마련하기 위해 얼마나 고단했는지, 그럼에도 불구하고 왜 그때를 견뎠는지, 어떤 소중한 생각으로 소망했는지, 단 한 사람은 알아줄 거라고 생각했다.

맛있는 냄새를 풍기는 작은 카페를 지나는 발걸음이 추워 잠시 멈춰 섰다. 분홍빛 네온사인이 머리 위에서 반짝여 고개를 들었다. 안녕, 바다. 군더더기 없는 명조체의 글자가 눈에 들어온다. 어두운 주황 조명 하나만 은은하게 카페를 밝히고 있었다. 겨울 같은 가게다.

"어서 오세요."

편해 보이는 소파에 손님처럼 앉아 책을 읽던 남자가 느릿하게 일어나 카운터로 들어간다. 과하게 친절하지도 너무 불친절하지도 않은 적당한 톤의 목소리다. 틱, 소리와 함께 천장의 조명들이 일제히 불을 밝힌다. 세 평 남짓해 보이는 작은 공간에 우겨넣듯 여행 기념품처럼 보이는 것들이 들어서 있었다. 이런 것들은 다 어디서 가져오는 걸까, 생각하며 따뜻한 녹차라떼 한 잔을 주문했다.

"손님이 별로 없어서 이제 문 닫으려는 참이었습니다."

남자는 말쑥하게 웃으며 주문을 받았다. 묻지도 않은 말이었지만 어쩐지 끄덕여주게 되는 사람이었다. 남자는 포스기 대신 줄이 그어진 노트에 손으로 메뉴를 적고, 서랍을 열어 지폐와 동전을 하나하나 센 뒤 거스름돈을 건넸다. 손끝이 단단했다.

"조금만 기다려주세요."

고풍스러운 체스 말, 알 수 없는 무늬의 머그잔, 색색의 실타래들, 손톱 크기만 한 유리 금붕어, 말린 꽃잎, 작은 액자 등이 늘어선 선반이 카페 구석구석에 알차게 들어서 있다. 곳곳에 놓인 포근한 소파에는 조금 낡아 보이는 담요들이 겹겹이 쌓여 있고, 바닥엔 때가 탄 러그를 깔아놓았다.

"가져가시나요?"

"네."

남자는 그럴 줄 알았다는 듯 커다란 종이컵에 담긴 라떼를 들고 카운터에서 나왔다. 동작이 빠릿빠릿하지 않은 사람이었다. 한쪽 벽면에는 타다 남은 나무들이 아직도 열기를 머금은 벽난로가 있었다. 이런 작은 카페에 벽난로라니. 이질감이 들지도, 그렇다고 어울리지도 않는 모양으로 벽난로도 나도 그냥 있었다. 묘한 기시감이 들었다. 어느 순간엔가 함께 했던 것 같은 그런 벽난로. 어떤 모양인지 그릴 수 없다.

지난밤의 꿈도 그런 느낌이었다. 어디선가 본 것 같은, 하지만 뚜렷하게 설명할 수 없는. 무채색 콘크리트 벽이 얽히고설켜 만들어진 무한의 공간이었다. 그 기하학 구조물 같은 공간 안에 나는 갇혀 있었다. 한기에 몸이 오그라들어 근육이 쑤셨다. 그곳이 어디인지, 어디가 어느 방향인지 아무런 감각이 없었다.

막막하고 어리둥절한 와중에 뒤에서 펑, 터지는 소리가 들렸다. 소리는 뜨거운 불길로 이어져 온 공간을 휘감았다.

무작정 앞으로라도 달리고 싶었다. 하지만 그럴 수 없었다. 바닥이 빙글빙글 돌고 눈앞의 벽들이 요동쳐 어디가 앞이라고 할 수도 없는 처지였다. 계단이 흩어졌다 모이고 나타났다 사라졌다를 반복했다. 길이 무너지고 솟아오르며 공간은 끊임없이 변했다. 화상을 입을 듯한 열기가 밧줄처럼 발목을 휘어잡았다. 그걸 뿌리치려 애쓰며 나는 그 자리에 계속 서 있었다.

누군가를 기다리는 듯 뛰쳐나가고 싶은 마음과 움직일 수 없는 몸의 괴리를 견뎠다.

그때 뒤에서 들려온 목소리가 있었다. 급박한 상황과는 어울리지 않는 차분하고 활기찬 목소리. 뒤를 돌아보니 윤수가 그곳에 환히 웃으며 서 있었다.

윤수. 얼마 만에 발음해보는 이름인지. 꿈인 걸 훤히 알면서도 그 이름에서 헤어나오지 못한 채 나는 어린아이처럼 울먹였다.

- 여기 서서 뭐 하니.

6년 전 이른 봄처럼 고요하게 감싸는 목소리. 아무것도 묻지 않는 얼굴로 윤수가 나를 보고 있었다. 나는 혼란 속에서 혼자 발을 동동 굴렀다. 이 상황들을 윤수에게 설명 받고 싶었다. 여긴 대체 어디냐고, 왜 2년 만에 다시 만난 너는 아무렇지 않게 빛나고 있느냐고.

- 무섭니?

- 응.

나는 무기력하게 웅얼거렸다. 너는 종말의 때에 강림한 천사처럼 빛나는 웃음으로 나를 비췄다. 그렇게 추울 땐 한 번 오질 않더니, 어째서 이리도 뜨거운 꿈에 나타났을까. 이 뜨거운 꿈속에서 너는 왜 태울 듯이 내게 내리쬐고 있는 걸까.

- 나 무서워.

두려운 틈으로 말이 새어나오고, 윤수는 그런 내게서 돌아섰다.

- 뭐가 두려우니.

순식간에 화염 사이로 사라져버리는 윤수의 뒷모습에 매달려 걸음을 옮겼다. 그대로 달아났다. 무엇으로부터 어디로 달아나는지는 말할 수 없었다. 그게 정말 달아나고 있는 건지도 알 수 없었다. 다만 윤수를 따라갔다. 너의 빛이 뜨거운 불꽃이래도 활활 타는 너를 질식할 듯 끌어안고 싶었다.

끝이 나오지 않는 공간과 공간의 무한대에서 허우적거리다가 꿈에서 깨어났다. 그게 오늘 아침.

한참을 그냥 서 있는 나를 향해 남자는 시선도 주지 않은 채 카운터에 서서 책을 읽었다. 그래서 마치 그곳에 오래도록 머물며 기억들을 끄집어내도 좋을 것 같다는 착각이 들었다. 어느새 손에 들린 녹차라떼가 식어가는 게 느껴졌다. 하지만 돌아가야 해. 벽난로의 열기는 수그러들었다. 낯선 해방촌의 온기가 꺼져갔다.

나는 돌아가서 스물셋이 되어야 한다. 문을 나서며 괜히 카운터 쪽을 돌아본다.

"안녕히 가세요."

*

집을 나오던 날을 기억한다. 그날도 엄마는 곰팡이처럼 소파에 기생하고 있었다. 몇 시간째 한 번도 꺼지지 않은 TV에서는 기분 나쁜 열기가 뿜어져나왔다. 오래된 냉장고 같은 냄새가 고체처럼 공간에 굳어 환기를 해도 달아나질 않았다. 바닥엔 과자 봉지나 설거지 안 한 그릇들, 겹겹이 쌓인 여러 개의 물컵, 꼬질꼬질해져 잿빛이 도는 털이불 등이 온갖 쓰레기와 뒤섞여 어지러이 흩어져 있었다. 죽은 것 같은 엄마가 남긴 삶의 찌꺼기였다.

암막 커튼을 친 것도 아닌데 집 안은 영안실처럼 숨이 막혔다. 오후 2시. 밖은 분명 한낮일 텐데 집 안은 빛이 없는 것처럼 어두웠다.

32평의 영원한 밤.

한때는 부모님의 꿈이었을 이 집엔 언제부턴가 영원한 밤이 내려앉았다. TV 속에서 즐거운 듯 떠들어대는 남자들을 흘깃 보았다. 시끄러운 소리가 머릿속을 순식간에 헤집어놓다가 순간 과열된 듯 화면이 깨지고 일그러졌다. 픽셀로 부서진다. 정말 이렇게 나가도 되는 걸까. 나는 그냥 도망치는 게 아닐까. 눈을 감았다 뜨자 아무 일도 없는 듯 웃느라 벌겋게 드러난 개그맨들의 잇몸이 보였다.

엄마와 눈을 마주치지 않으려 고개를 숙이고 서둘러 신발을 신었다. 열다섯, 열여섯. 내가 그 나이 즈음일 때 엄마는 이렇게 될 걸 예상했을까. 듬직한 아들, 애교 많은 딸, 능력 있고 로맨틱한 남편과 화목한, 영원히 밤이 오지 않는 밝은 집. 엄마는 그런 것들을 상상했겠지. 그때의 엄마는 지금과 같은 집의 모습을 생각해본 적도, 들어본 적도 없었을 것이다. 설령 누군가 말했더라도 대충 흘려들으며 어머, 가여워라, 하는 말이나 웅얼거렸을 것이다. 그런 부정적인 얘기는 입 밖에 내지 않는 편이 좋아요, 하고 손사래를 쳤을 것이다.

우리 애들은 착해서 그럴 일 없어요.

아무것도 모르는 순진해 빠진 웃음. 이런 생각의 끝에 매번 그랬듯 충동적인 분노가 치밀었다. 마구 소리 지르고 다 깨부수고 싶었다. 저기 소파에 붙박인 엄마를 손톱을 세워 뜯어내고 싶었다.

그런 마음으로 고개를 들었다. 얼룩덜룩한 TV 빛에 조각난 듯

한 얼굴로 엄마는 놀랍게도 숨을 쉬고 있었다. 정말로 숨을 깊게, 깊게. 오로지 삶으로 할 것이 숨쉬기밖에 없다는 것처럼 숨을 쉬고 있었다.

엄마는 아직 죽지 않았다.

목구멍이 뜨거워지면서 울음 같은 게 튀어나오려 했다. 서둘러 신발끈을 묶었다. 열기가 목구멍을 타고 코끝으로, 미간으로 올라왔다. 눈언저리가 불에 덴 듯 점점 달아올랐다. 캐리어 손잡이를 잡고 눈을 감았다. 최대한 느리게 호흡했다. 죽지 않았으면 뭐, 달라질 건 없다. 아니, 오히려 죽지 않아서 더.

스읍, 아주 작은 소리가 예민하게 고막으로 날아왔다. 동시에 엄마의 몸이 아주 조금, 식물이 햇볕을 향해 기울어지듯 움직였다. 현관을 열었다. 빛 같은 것이 내게로 쏟아졌다. 따뜻한 것만 같았다. 등 뒤로 현관문 닫히는 소리가 들렸다. 정말 탈출이다. 이제부터 내딛는 발걸음은 새로운 삶이 되어줄 것이다.

그제서는 나에게 빛이 아니라 차가운 바람이 쏟아졌다는 걸 알았지만, 아무래도 상관없었다. 집을 벗어나 마주하는 칼 같은 추위가 나에게는 온전한 빛이었다.

굼은 어느 날

자신의 발이 땅에서 떠 있음을 느꼈다.

덜컥 겁이 나 애를 써도 몸은 가라앉지 않았다.

그날부터 굼은 땅이 아닌 공기 위에 발을 딛고 그냥 살았다.
어찌할 수 없음을 어찌하지 못하는 연약함의 최선이었다.
그 누구에게도 말하지 않고, 그 누구도 알아채지 못하고,
굼은 홀로 아주 조금의 높이를 가지고 살았다.

기생하는 것

믿을 수 없을 만큼 상쾌한 공기였다. 해방촌에서 맞이하는 첫 아침, 일어나자마자 정리할 일들이 있다는 것에 문득 다행이라는 생각이 들었다. 가만히 있다간 잡아먹힐 것 같은 막막함이었다.

먼저 조촐한 짐부터 정리하자. 좁은 방이지만 꽉 차고 따뜻하게 꾸미자. 어두운 구석이 없도록 불을 환히 켜자. 매일 청소하고 환기를 하자. 우선 어제 못다 한 청소를 하자.

이불을 탈탈 털어 반듯하게 갰다. 수건 하나를 반으로 잘라 하나는 물걸레로, 또 하나는 마른걸레로 걸레질을 했다. 어젯밤에는 어두워서 별로 지저분해 보이지 않았는데 걸레에 검은 먼지와 때가 가득했다. 책상이며 장롱, 선반까지 모조리 닦았다. 까맣게 자라난 모양새로 걸레에 붙어 있는 먼지들을 깨끗이 빨아 없앴다. 깨끗이.

두꺼운 감색 코트와 겨울 점퍼는 옷걸이에 걸어 빈 장롱에 걸었다. 따뜻한 니트 같은 겨울옷들은 정갈하게 개어 서랍에 넣었다. 책장에 좋아하는 책들을 꽂고, 연필을 깔끔하게 깎아 연필꽂이에 넣었다. 책상 위 가장 잘 보이는 자리에 반듯하게 만년필 케이스도 올려두었다. 텅 비었던 공간이 나의 물건들로 서서히 채워져갔다. 별건 없지만 모두 '내 것'이다.

화장실 청소를 했다. 곰팡이 핀 타일을 수세미로 박박 밀었다. 팔이 아프도록 밀어도 곰팡이 얼룩이 남았다. 청소를 하느라 축축해진 방 안을 말리기 위해 창을 활짝 열었다.

수많은 방을 보았다. 처음 간 곳은 건물 주인이 깨끗하게 인테리어를 새로 한 원룸이었다. 따뜻한 그레이 톤의 벽지는 저렴한 원룸이라기에는 너무 고급스러웠다. 원하는 가격에 맞춰줄게, 하는 부동산 아주머니의 말에 고개를 저었다. 다음 방은 평수에 비해 비교적 넓은 반지하 방. 그 가격대에 이렇게 잘 나온 방 드물어. 아주머니는 수차례 그 말을 했다. 이렇다 할 조건도 제시하지 않고 이것저것 따지는 스물셋짜리 여자애가 번거로워진 듯 갈수록 말에 짜증이 섞였다.

- 근데 말이야, 여기 근처엔 대학교도 없는데.

안쪽에 때운 금니가 보이도록 입꼬리를 찢어 웃으며 아주머니가 넌지시 물었다. 하루 종일 방을 돌아보다 반쯤 포기한 상태로 마지막 방을 보러 가는 길이었다. 은근슬쩍 곤란한 질문을 하려는 심산인 게 훤히 보여 불편하던 중 친한 척하며 싸구려 호기심을 불쑥 내밀었다.

- 네, 그런데요.

- 땅값이 아주 싼 편도 아니고, 이 근처에 회사도 별로 없고.

- 네.

- 그냥, 어린 학생이 왜 이런 데 방을 알아보나 해서.

물어보면 안 될 걸 물어봤다는 사실을 그제야 눈치 챘는지, 아주머니가 말끝을 흐렸다. 그러게, 왜 이곳일까. 나는 왜 연고도 없는 이 낡은 동네로 왔을까. 집에서 탈출해 기껏 온 곳이 하필 네가 그토록 살아보고 싶다던 이곳일까.

- 세상이 워낙 흉흉해서 말이지. 사실 여기 이슬람교도도 많이 살고 흑인도 많고 그래서 다들 꺼려하더라고. 여기 초중학교도 많은데 애 엄마들은 질색을 하는 동네야. 불법체류자도 많고 해서 그런지 사건사고도 많은가 봐.

아주머니는 자신이 이 동네 방을 팔고 있다는 걸 망각한 듯 수다를 늘어놓았다. 뉴스에도 나온 미제 사건이 여기서 일어난 거다, 그거 영화로도 만들었다더라, 다른 미제 사건의 범인이 이 동네에 숨어 산다는 소문이 돌더라, 아, 아직은 용의자라고 해야 하나, 하여간 이 동네 치안은 엉망인 것 같다, 딸 같아서 하는 말인데 웬만하면 다른 동네 알아봐라.

입구부터 좁은 빌라 2층 방이었다. 아주머니는 지은 지 꽤 된 건물이라 지저분하다는 말을 수도 없이 하며 못마땅한 표정으로 방문을 열어주었다. 문이 열리자마자 창문으로 맞바람이 쳤다. 여기다.

- 여기로 할게요.

- 여기는 다른 방보다 작고 좁은데.

- 괜찮아요.

아주머니는 미심쩍은 표정으로 건물 주인에게 전화를 걸었다. 방에는 들어가지도 않은 채 불어오는 찬바람을 눈이 시리도록 맞았다. 커다랗게 자리한 창에서 빛이 조금, 새어들었다. 조각 진 모양이래도 좋았다.

*

이기적이다. 정갈하게 놓인 종이 앞에서 나는 우물쭈물했다. 스스로에게 짜증이 날 정도로 아무런 생각도 나지 않는다. 아니, 생각이 너무 많아서 서로 엉겨붙었다. 그 사이를 비집고 스멀스멀 작은 걱정이 피어오른다. 내가 편지를 쓰면 너는 답을 보낼까. 답이 오지 않는 상대에게 계속 편지를 쓴다는 건 어떤 기분일까.

휴대전화를 켠다. 의미 없이 메신저에 뜬 프로필 사진을 훑어본다. 눈에 많은 걸 담을수록 마음은 공허해진다. 배 속이 텅 비어 쓰리다. 그제야 오늘 일어나서 아무것도 먹지 않았다는 사실을 깨달았다. 미니 냉장고는 배 속만큼이나 텅 비었다. 짐을 챙긴다고 챙겨 나왔지만 식기는 하나도 없었다. 싱크대에도 서랍장에도 그릇 하나 냄비 하나 없다.

포스트잇을 꺼내 필요한 것들을 적어내려간다. 곰팡이 약, 냄비, 프라이팬, 그릇, 컵, 간단한 통조림, 달걀, 빵, 세제, 섬유유연제, 샤워용품. 포스트잇을 세 장이나 뜯어도 끝이 없다. 좁은 방 안을 한번 둘러본다. 이 작은 공간 하나를 꾸리는 데 얼마나 많은 것이 필요한 걸까. 생각하지 못한 만큼 삶은 거추장스러운 무게를 지녔다.

일단 나가기로 했다. 생각은 오래 하지 말자. 깊게 파고들지 말자. 다신 바다에 빠지지 말자.

옛날에 윤수가 형에게 편지를 썼다는 얘기를 해준 날이 떠올랐다. 자신과 가족을 등진 형에게 몇 번이고 편지를 썼다고 했다. 돌아오라고, 같이 살자고, 쓰기 시작한 편지에는 학교에서 일어난 일이며 막냇동생이 오늘 어쨌다는 사소한 이야기들이 실렸다. 편지는 점점 쌓여갔다. 애초에 형이 어디 있는지도 모르면서 편지를 쓴 자신이 바보였다고, 수십 통의 편지가 들어 있는 까만 상자를 멋쩍어하며 보여주었다.

그때의 윤수는 어린아이 같았다. 초조한 사람처럼 평상시보다 말이 많았다. 상자를 쥔 손가락을 쉴 새 없이 꼬물거렸다. 그 손등을 잡아주며, 그의 끈질긴 간절함에는 대체 무슨 의미가 있을까 생각했다. 편지를 보낼 수도, 답장을 받을 수도 없다. 보낼 곳도 모른다. 그 우주 앞에 놓인 듯한 공허함을 윤수는 어찌하지 못해 다음 편지, 또 다음 편지를 써내려간 걸까.

지금의 나는 윤수와 같은 마음일까. 답이 오지 않아도 윤수는 자신의 편지가 어떤 의미를 가진다고 생각했을까. 편지를 쓰는 것만으로도 그 마음을 뱉어냈다는 해방감이 드는 걸까. 어쩌면 윤수가 쓰는 수많은 말들은 형에게 전달하고 싶지 않을 말일 수도 있겠다고, 나는 고개를 끄덕였다. 편지봉투를 봉하고 상자에 넣는 윤수, 그것으로 안도의 숨을 몰아쉬는 윤수의 모습을 상상했다. 윤수는 커다란 이불을 혼자 덮은 소년이었다.

그 얕은 간사함이 나에게는 반가웠다. 인간은 나약하다. 그래서 간사하다. 그게 다른 누구도 아닌 윤수의 이야기였기에 그 간사함을 스스로 용서했다.

- 나는 편지를 써야만 해.

형이 보고 싶냐는 물음에 윤수는 그가 자신의 아픈 손가락이라고 했다. 그래서 자꾸 들여다보게 된다고. 작은 티끌이 박혀 신경 쓰이는 과거 같은 거라고. 나에게 윤수는 전혀 달랐다. 나에게 윤수는 모든 것이었다. 옆에 있는 손가락도 아니고 반대쪽 손도 아닌 온몸.

여섯 해 전쯤, 아마 윤수와 처음 만난 즈음을 떠올리며 문득 그에게 기생하는 느낌이 들었다. 윤수와 함께 한 기억의 끝에 버섯처럼 붙어서 양분을 빨아먹는 기생생물. 스스로 내뱉은 이기적이라는 말 대신, 그 자리엔 거울이 있었다.

그때의 윤수는 이기적이었고, 그래서 슬펐다. 지금의 나는 그때의 윤수를 위안 삼아 똑같이 이기적인 짓을 하고 있다. 나도 슬프지만 그게 사실이었다.

마트에 이르러 생각을 접었다. 그래도 이렇게 하지 않으면 살아갈 수 없다. 새로 시작하는 의미가 없다.

조금이라도 녹으려면 윤수의 이불 귀퉁이를 나누어 덮어야 했다.

안녕, 바다

- 나는 그래서 여기에 와 있는 거야. 변명이 안 되나? 난 이곳이 좋아.

윤수가 천진하게 웃었다. 너는? 열일곱 살의 나. 또래들은 한창 새학기에 적응하느라 분주했을 봄에, 나는 제주에 있었다. 누가 봐도 이상한 상황이었다. 윤수는 그런 건 아무래도 괜찮다는 듯 그저 나를 걱정하는 눈으로 바라보았다.

- 너는 제주가 좋니?

실없는 질문이었다. 마음을 울리는 목소리였다.

*

카페 앞에 서서 괜히 서성였다. 어제 수많은 카페 중에 왜 하필 여기에 들어갔는지 스스로도 의문이었다. 발밑에 무언가 스치듯 지나갔다. 느릿하게. 카페 문을 열었다. 어제처럼 책을 읽던 남자가 고개를 들었다. 놀라거나 반가운 기색도 없이 살짝 웃고 카운터로 들어갔다.

"페퍼민트차 한 잔이요."

"드시고 갈 거죠?"

양손 가득 짐을 든 나를 흘끗 보고 고개를 끄덕였다. 나도 끄덕였다.

"카펫에 올라가실 때는 슬리퍼로 갈아 신어 주세요."

벽난로가 타오르고 있었다. 카페가 아니라 집 같다. 포근하고 따뜻한, 누군가를 위해 준비해둔 집. 남자의 말대로 신발을 벗고 슬리퍼를 신었다. 걸을 때마다 카펫이 폭신했다. 카펫의 털이 일제히 한쪽으로 꾸욱 눕는 장면을 상상했다.

"이사 오셨나 봐요."

테이블에 차를 내려놓고 몇 걸음 뒤로 물러난 뒤 남자가 말을 걸었다. 일정한 거리를 두는 데 익숙한 사람이다. 불편하게 가깝지도 과하게 멀지도 않은 거리감은 사람을 안정시킨다.

"네. 어제요. 잘 아시네요."

남자가 고갯짓으로 마트 이름이 큼직하게 쓰인 봉투를 가리키고 카운터 뒤로 사라졌다. 벽난로의 온기에 무릎이 따뜻했다. 얼어붙은 무릎에 힘이 들어가는 것 같았다. 차를 한 모금 마시고 내려놓는데 남자가 작은 접시를 들고 나타났다.

"달게 구운 마들렌이에요. 차와 궁합이 잘 맞아요."

어린아이가 그린 조개 모양처럼 볼록볼록 굴곡진 오렌지색 빵이었다. 앤티크한 푸른 자기 접시에 덩그러니 놓인 마들렌을 잠시 그대로 두고 보았다. 달겠다.

"창을 꼼꼼히 닫아야겠어요. 곧 눈이 온대요."

- 이설아, 너는 여기가 좋니?

- 네.

윤수는 그 이전 언젠가 제주가 싫으냐고 물은 적이 있었다. 비슷하지만 전혀 다른 질문에 나는 둘 다 네, 라고 답했다. 바람의 결에 많은 말이 있어서, 그럴 수 있었다.

- 사람이 별로 없는 게 좋아요.

윤수와의 대화는 항상 템포가 느렸다. 윤수는 분주하지도 않았고, 말하는 동시에 뭔가를 하지도 않았다. 바람이 불면 부는 대로, 햇볕이 내리면 내리는 대로 우리는 이야기를 이어갔다. 제주의 4월은 그 많다는 바람도 잦아드는 계절이라 나는 있는 그대로 윤수의 목소리를 새겨들었다.

- 사람이 많은 게 싫으니?

- 네.

윤수는 세상에 어색한 것도 심각한 것도 없는 사람 같았다. 그냥 딱 평균의 사람, 어느 쪽으로도 치우치지 않을 수 있는 사람.

- 사람들은 자신의 통제 밖에 있는 것들을 두려워하잖아요.

윤수는 항상 무엇도 다그치지 않았다. 내 말이 멈추면 같이 침묵했다. 어줍잖은 조언을 하려고 하지도 않았다. 그래서인지 윤수한테는 다 말하고 싶었고, 그가 들려줄 별거 아닌 몇 마디 말을 듣고 싶었다.

- 사람이 많은 곳에 가면 사람들이랑 눈이 마주치는데 그럴 때마다 나는 그 사람들이 나를 보고 무슨 생각을 하는지 알 수가 없어요. 혹시 나를 이상하다고 생각하더라도 해명할 기회가 없어요. 상대방이 묻지 않았으니 대답할 수 없잖아요. 누구도 내 해명을 궁금해하지 않을뿐더러 눈이 마주친 사람들이 나에 대해 어떤 생각을 하는지도 짐작조차 할 수 없어요.

- 이설아.

- …….

- 바깥에 비가 올 땐 창문을 꼭 닫고 난로를 켜둬.

- …….

- 그런 날은 굳이 나가지 않아도 괜찮아. 문을 열어놓고 비가 들어오는 걸 보며 전전긍긍할 필요 없어. 빗방울을 하나하나 응시하는 일은 네 몫이 아니야. 그냥 커튼을 쳐버려.

- 그럼 아무것도 안 보이잖아요.

- 너를 위해 찾아올 누군가를 위해서 집 안을 따듯하게 데워놓는 데만 집중해. 추운 눈이 내릴 때도, 바람이 너무 많이 불 때도.

어렸던 나는 윤수의 말에 자물쇠를 샀다. 아주 무겁고 투박한 자물쇠가 주렁주렁 매달려 무게중심을 잡았다. 나의 무게는 늘 자물쇠 무게만큼 더 나갔다.

창문을 꼭 닫아.

문득 그때의 공기가, 그때 윤수와 나 사이를 맴돌던 바람이, 그 바람에 실린 가벼운 유채꽃 향기가 났다. 저 멀리 혹은 아주 가까운 곳에서 윤수가 보낸 것만 같은 바람이었다.

*

안녕바다는 자꾸 발길이 가는 곳이었다. 해방촌의 햇볕이 낯설 때마다 나는 안녕바다를 찾아갔다. 그곳은 내게 따뜻한 곳이었다. 특별히 무언가를 하지 않아도 괜찮은 곳이었다. 내게 굳이 아는 척을 하지 않는 젊은 주인은 카페가 번창하는 일에는 별 관심이 없는지 매일 책만 읽었다. 그게 좋았다.

가끔 이른 점심에 앞을 지나다 보면 맛있는 냄새가 나서 들여다보곤 했는데, 남자가 브런치를 만들어 혼자 먹고 있기도 했다. 노른자가 해처럼 뜬 달걀프라이에 커다란 소시지 하나를 천천히 썰어 먹는 모습을 몇 번 보았다. 어떤 예민한 의식을 치르듯이 그는 음식을 꼭꼭 씹어 삼켰다. 그런 모습을 보면 괜히 나도 배가 고파져 마트에 들러 달걀을 샀다.

하루는 평상시처럼 커피를 한 잔 주문했는데 토스트를 함께 내왔다. 살갑게 서비스라든가, 시식해보라든가 하는 말 대신 내 맞은편에 앉아도 되겠느냐 묻고는 가게 주인과 손님이 아닌 것처럼 자연스럽게 앉았다. 그가 한참을 아무 말 없이 식사만 하기에 내가 먼저 입을 열었다.

"김이설이에요."

주인 남자는 내 이름을 제 입 안에서 조심스레 발음했다.

"예쁜 이름이네요."

"감사합니다."

"저는 아직 이름을 못 지었어요."

"네?"

"아직 제 이름을 뭐로 할지 정하지 못했습니다."

엉뚱한 얘기를 꺼낸 주인 남자는 나로서는 이해되지 않는 쑥스러운 표정을 지어 보이곤 다시 먹는 일에 열중했다. 천천히 소시지를 썰어 달걀 흰자 위에 얹고, 그 위에 싱싱한 치커리와 케일을 올려 한입에 넣었다.

이름을 정하지 못했다는 게 무슨 말일까. 나는 한동안 되새김질하다가 또 문득 윤수의 이름을 떠올렸다. 윤수와 처음 서로의 이름을 나눈 날, 우리는 이미 영혼의 일부를 나눈 걸지도 모른다. 그래서 내가 윤수를 이렇듯 애타게 찾는 걸지도 몰라.

바람이 많이 불던 제주 2월의 끝자락, 우리는 높은 언덕에 마법처럼 펼쳐진 평지에서 처음 만났다. 크고 작은 조랑말들이 안장을 얹은 채 유유히 돌아다니고 있었다. 추운 날씨 탓인지 사람이 별로 없어 풀도 말라붙은 언덕은 고요했다. 나는 가족들과 탄 차에서 내리자마자 튕겨져나가듯 평원을 향해 달렸다. 그게 말을 타보고 싶다는 뜻으로 비춰졌는지 엄마는 기뻐하며 직원을 불러 나를 말에 태웠다. 내가 어찌하지도 못하고 가만히 서 있자 직원이 엄마도 같이 타라고 부추겨 엄마가 내 뒤에 올라탔다.

두툼한 외투 너머로 엄마가 나를 힘 있게 감싸안는 게 느껴졌다. 팔 근육의 힘, 꼭 맞닿은 허벅지와 말이 걸을 때마다 부딪히는 발. 뒷목 가까이에 느껴지는 숨과 쉴 새 없이 들리는 엄마의 목소리. 조랑말은 평원의 코스를 따라 느릿하게 한 바퀴를 돌고 출발했던 자리에 그대로 섰다. 나는 거의 토할 것 같은 지경이었다.

차에서 내리고 싶어 안달이었는데, 이렇게 내리자마자 또 같이 말을 타게 되다니. 오빠는 내 속을 모르는지, 알아서 일부러 그러는 건지 휴대전화로 사진을 찍어대며, 좋았느냐고 수다스럽게 물었다. 나는 아무 말도 못 하고 엄마가 먼저 내리기를 기다렸다. 엄마는 내가 뛰어내리면 받아줄 듯 나를 향해 벌린 양팔을 한껏 뻗었다.

머릿속이 아득해졌다.

나는 거의 울음이 터질 것 같은 얼굴로 말의 목줄을 쥐고 있는 남자를 바라보았다. 어째서 그랬는지는 그때도, 이제 와서도 확실히 알지 못한다. 다만 가족과 떨어지고 싶었다. 나에게 숨을 돌리고 혼자 있을 시간을 달라고, 내 몸에 손대지 말라고 악을 쓰며 소리 지르고 싶었다. 그럴 용기도 없는 갓 고등학생이 된 여자아이는 이도저도 못 하다가 낯선 남자에게 손을 뻗었다. 가족들도 남자도 당황했는지 잠시 모든 동작을 멈췄다.

- 도와주세요.

내가 윤수에게 건넨 첫마디였다. 그게 우리의 첫 만남이었고 앞으로 모든 것이 새롭게 변화하리라는 '점'이었다. 물론 그때는 그게 점인지 뭔지 관심도 없었고 그저 울음이 터지거나, 사람들이 보는 데서 토를 하거나, 반쯤 미쳐 악을 쓰기 전에 어떻게든 해야 할 것 같다는 생각뿐이었다. 그 마음은 일종의 생존 욕구였다.

죽고 싶지 않아. 죽이고 싶지 않아. 살고 싶어.

나는, 잘 살고 싶어.

공기 중에 흩어져 사라져버릴 듯한 목소리로 간신히 도와달라고, 한 번 더 말했다. 윤수는 난감한 표정으로 나를 마주 보더니 결심한 듯 내 쪽으로 다가왔다. 겨드랑이 사이에 손을 넣고 가뿐히 안아 올렸다. 그 찰나에 나는 공중에다 불순물이 가득 섞인 숨을 한 번 뱉어내고, 불어오는 맑은 바람을 한껏 삼켰다.

다시 태어나는 것 같은, 그런 순간이었다.

배 속에 뜨거우면서도 차가운, 태초에 신이 지구에 불어넣은 생명의 숨결 같은 것이 한가득 들어왔다. 가득 찼다.

- 괜찮아.

파도 소리가 들렸다. 순식간에 내 발은 다시 땅에 닿았고, 어색함이 밀려오기도 전에 윤수는 몸을 돌려 제자리로 돌아갔다. 잠깐이지만 그 눈에 뭔가 고여 있는 것 같아서, 나는 돌아선 네 뒷모습을 한참이나 쳐다보았다.

가족들은 이번 가족 여행이 나를 많이 낫게 했다고 그렇게 믿었다. 가족이 힘을 합하면 못 할 게 없다고, 그날 밤 잠에 반쯤 취

한 채 엄마는 여러 번 말했다. 나는 모두가 잠들 때까지 기다렸다가 혼자 일어나 침대와 멀리 떨어진 화장실 문 앞에 웅크리고 누웠다.

살고 싶어. 나는, 잘 살고 싶어. 나를 공중에 들어 올렸던 윤수의 손가락. 그 손가락의 생김새를, 두 눈에 고여 있던 것을, 뒤돌아선 등에서 내가 보았던 나와 똑같은 모습을 나는 한참 동안 생각했다. 잠이 들 때까지 윤수가 나를 들어 올렸던 순간을 계속 되새김질했다. 그 꼼꼼하던 손가락이 눈을 감아도 선했다.

아주 조금의 높이는 어느 날 조금 더의 높이가 되었다.

조금

더,

더,

더,

굼은 남들과 다른 높이의 허공에서 발을 허우적거렸다.

하지만 아무도 굼의 높이를 눈치 채지 못했고,

그러는 사이 굼은 더 먼 곳까지 높아졌다.

굼은 높이 올라갈수록 심장이 커진다고 생각했다.

귀에 들리는 심장 소리가 점점 시끄러워져 아무런 소리도 들리지 않았다.

발밑이 아득해져 무엇도 보이지 않을 때,

심장 소리 사이로 작은 목소리가 들렸다.

‘손을 잡자.’

"그림이 없어도 이미지가 막 떠오르는 그런 동화를 쓰고 싶거든요."

주인 남자의 목소리가 6년 전의 기억 속에 있던 나를 현재로 끄집어 올렸다. 생각에 잠겨 있던 탓인지, 주인 남자가 또 엉뚱한 얘길 한 건지 말들이 한 번에 이해되지 않았다.

"동화를 쓰고 싶은데, 어린아이들 그림책 같은 거 말고 그림 없이도 마음속에 많은 게 그려지는 그런 동화를 쓰고 싶어요."

"아…."

"그런 동화를 쓸 수 있을 것 같은 이름을 아직 찾는 중이에요."

주인 남자는 또 수줍게 웃었다. 윤수 생각에 빠져 멍하니 있던 게 미안해서 괜히 고개를 더 세차게 끄덕였다. 그런 이름을 가지면 그런 동화를 쓸 수 있는 걸까. 저 사람은 그렇다고 믿는 걸까.

- 해방촌에 살고 싶어.

- 왜?

- 이름이.

윤수는 혓바닥과 입술로 예민하게 그 발음을 더듬으며 말했다.

- 그냥 해방이니까.

- 그게 뭐야.

- 아주 그리운 느낌이야. 그리움을 담을 수 있을 것 같은.

나는 그 말 한마디에 여기까지 왔다.

"그 전까지는 그냥 현, 그렇게 불러주세요."

현, 내가 보는 주인 남자의 모습처럼 간결하고 군더더기 없는 이름이었다. 그 이름이 그에게 썩 잘 어울린다고 생각했다.

*

그날 밤 나는 또다시 어두운 방 안 책상 한편에 스탠드를 켜놓고 종이 앞에 앉았다. 집에 혼자 있어도 속옷부터 긴팔에 긴 바지까지 옷을 갖춰입었다. 갑갑하면서도 안정되는 느낌. 윤수를 생각했다. 어디서 무엇을 하고 있을지, 우리가 다시 한번 만나는 날이 오기는 할지 생각하며 만년필에 까만 잉크를 넣었다. 정말로 나는 무슨 말을 쓰고 싶어서 이렇게 밤을 꼴딱 새우고 있는 걸까.

제주에서의 만남이 지나고 서울에서 윤수를 다시 만난 날, 그날의 나는 작은 짐승의 것 같은 울음을 울었다. 어깨를 떨면서 토하듯 미묘한 소리를 뱉어냈다.

- 너 그날도 꼭 지금처럼 울려고 했어.

윤수는 그 울음을 듣고 도와야겠다고, 나를 돕지 않으면 평생 죄책감을 안고 살아갈 거라 생각했다고 했다. 돕고 싶다는 아주 작은 바람이 스스로를 향한 명령이 되어 윤수는 내게 손을 뻗었고, 나를 안아 올렸고, 어쩌면 그 순간 모든 게 시작됐는지도 모른다고 말하던 네 입가가 살며시 떨렸다.

윤수도 나도 어찌할 수 없는 끈질긴 6년의 인연이, 그 막연하고 지금도 끝이 어디인지 알 수 없는 서로를 지키기 위한 여정이, 너의 작은 바람에서 시작되었다.

윤수는 그런 말을 한 적이 있다. 바람은 공간일지도 몰라. 형을 찾으러 제주에 왔다는 말을 하던 날인 것 같다. 그는 손끝으로 커다란 네모를 그렸다. 허공에 선이 새겨지길 바라는 것처럼 몇 번이고 그렸다. 바람을 좇아가다 보면 새로운 공간에 있음을 느껴. 마치 바람 안에 들어간 것 같은.

- 공간은 삶이야. 공간 없이 이루어지는 삶은 없어. 모든 의미이자 삶의 축.

윤수는 바람을 담은 눈으로 나를 바라보았다. 그 안에 밝기를 알 수 없는 작은 공간이 있어 들어가 쉬고 싶다는 생각을 했다. 나의 기억에 비친 그곳이 아주 좁아도 충분할 것 같아서 이번에야말로 나는 너를 정말 기다릴 거고, 하고픈 말, 해야 되는 말들을 다 전할 거라고 다짐했다. 그게 6년 전 우리의 점이 되었던 너의 작은 바람처럼, 6년이 지난 지금 내가 가진 작은 공간이었다.

단 한 명의 밤에

현과 통성명을 한 뒤로 거의 매일 안녕바다에 출근 도장을 찍었다. 어차피 나는 당장 할 일도 없는 백수, 휴학생이라서 여기저기 시간을 버리고 다니는 일이 괜히 기분 좋았다. 사람이 이만큼 아무것도 안 하고 살아도 시간은 흐르고 삶은 계속 살아진다.

안녕바다는 카운터 안쪽으로 화장실이 있는데, 그 옆 벽면에 몸 하나가 겨우 통과할 만한 좁은 문이 있었다. 문 안쪽에는 따뜻한 온돌이 깔린 방에 앉은뱅이 책상이 하나 놓여 있었다. 그 방은 딱 두세 명이 들어가기 좋은 정도라 누군가 안에 들어가면 방문을 닫았다. 그러다 손님이 없을 때는 방문을 반쯤 열어 누구든 들어갈 수 있게 했다. 방문은 대체로 닫혀 있어서 사람들은 들어가도 되는 곳인지조차 모르는 듯했다. 화장실로 착각해 노크하는 일도 종종 있었다. 그럴 때면 안에서 네, 하는 친절한 대답이 들려왔는데 항상 우아한 여자 목소리였다. 목소리의 주인공이 문을 열기 전에 항상 현이 화장실 문은 옆문이라고 일러주어 얼굴을 본 적은 없다. 다만 누군가 나처럼 꼬박꼬박 출근 도장을 찍는 손님이 있다는 것만 알았다.

제주에서 내가 지낸 곳은 마음요양소라는 이름이 붙은 작은 쉐어하우스였다. 말이 쉐어하우스지 입주한 사람이 나와 상담 선생님뿐이라 집은 늘 조용했다.

- 일종의 요양소인 거지. 마음이 아파서 마음을 잠시 쉬러 간다고 생각해요.

내가 다니던 집 근처 병원의 상담사는 이곳을 요양소라고 소개했다. 같이 상담사 일을 하던 친구 중에 제주에서 상담을 하는 친구가 있다며 명함 하나를 내밀었다. 깨끗하고 새하얀 종이. 그 가운데 단정한 글씨로 '마음요양소'라고 쓰여 있었다. 깨끗하게 비워놓은 뒷면 왼쪽 아래 모퉁이에 전화번호만 작게 적혀 있었다. 보송보송한 종이의 솜털이 느껴졌다.

- 이설 학생한테는 이런 게 필요할 것 같아. 가족들하고 떨어져서 혼자 있는 시간을 갖는 게 중요해 보여. 가보고 싶다면 내가 부모님은 설득할게요.

종이에 닿은 손끝이 두근거렸다. 가족들과 떨어질 수만 있다면 뭐든 하고 싶었다. 그게 상담이든 요양이든 나에게는 아무 문제가 되지 않았다.

- 가고 싶어요.

상담사가 잘 생각했다고 내 손등을 다독였다. 거기 가서는 굳이 상담을 받지 않아도 된다고 했다. 내 마음은 혼자서 시간을 보내는 것만으로도 다 나을 거라고, 불려 들어온 엄마에게도 설명했다.

- 혼자.

고개를 숙인 채 나는 입 안에서 혼자, 라는 말을 이리저리 굴렸다. 달콤한 맛이 나는 것 같았다. 제주에 가야겠다.

- 이설 학생은 뭐랄까, 새로 시작할 수 있는 세포를 가지고 있어요. 그런 에너지를 한껏 머금고 있는데 쓸 수 있는 시간이 없어요. 그 시간을 주는 게 학생이 좋아지는 치료법이에요.

엄마는 나를 혼자 둔다는 걸 불안해하며 제주에 온 가족이 함께 가자고 했다. 같이 시간을 보내고 같이 얘기해서 이겨내자고. 상담도 꾸준히 하지 않는 곳에 가서 어떻게 낫겠냐는 걱정 어린 말들로 나를 곁에 붙잡아두었다.

그러다가 전화 한 통을 받았다. K 선생님이었다.

*

"현, 동화는 잘 쓰고 있어요?"

"아직 아무 생각도 없어요. 이래서는 진짜 쓸 수 있을지 모르겠네요."

해방촌으로 이사를 온 지도 벌써 한 달. 2월이 되었고, 안녕바다는 여전히 한산했다.

"괜찮아요. 언젠가는 쓰면 돼요."

내가 하는 말이 나를 겨눴다. 언젠가는. 그 말은 나에게 면죄부처럼 타당성을 부여했다. 해방촌에서 지낸 한 달, 그동안 나 또한 아무 말도 쓰지 못했다. 유일하게 하려고 계획한 것이 윤수에게 편지를 쓰는 일이었는데도 불구하고 나는 가끔 일기를 쓰거나 음식을 만들어 먹고 땀이 날 때까지 걷는 일에만 열중했다. 편지는 단 한 자도 쓰지 못했다.

흰 종이 앞에 앉아 'To'라는 말로 시작할지, 'Dear'로 시작할지 한참을 고민했다. 그러다가 그냥 '윤수에게'로 마음을 정했다가, 결국 그냥 안녕, 하며 시작할까 변덕을 부렸다. 그렇게 첫 글자와 씨름을 하다 보면 결국 핵심 문제가 뒤통수를 쳤다.

그래서 나는 무얼 말하고 싶은 걸까. 연락이 끊긴 지 2년 만에 윤수를 이토록 애타게 찾게 만드는 그 말은 뭘까. 나는 도대체 어떤 말을 하려는 걸까.

나 자신을 깊숙이 파고들고 구석구석 탐색했다. 어디에도 진짜 하고 싶은 말은 없었다. 그저 그때 나눈 사랑이 미련으로 남아서 그래. 애초에 하고 싶은 말 따윈 없는지도 모른다. 마음 한구석에 뭐가 얹힌 것처럼 꺼름칙한 건 다 사랑 때문이다.

우리가 다른 타이밍에 만났더라면 우리의 엔딩은 달랐을까. 잠들 무렵이면 너와의 행복했던 날들이 마치 현재이고 미래인 듯 아른거렸다.

- 내가 어른일 때 우리가 만났다면 우리는 잘됐을까.

- 우리는 지금도 잘되었어.

첫 만남으로부터도 아주 먼 어느 날, 나란히 차에 앉아 물가를 달리던 날에 문득 그런 대화를 나누었다. 나의 물음에 윤수는 다독이듯 말했다. 목소리에 물기가 있었다. 살짝 쥐기만 해도 물이 뚝뚝 떨어질 것 같은 목소리가 나를 적셨다.

내가 너무 어리고 연약할 때 윤수를 만난 것이 나에게는 한이었다. 내가 더 완전할 때 윤수를 만났더라면 나도 윤수에게 좋은 사람이 되고, 윤수도 나에게 알맞은 사람이 되었을 텐데. 만약에, 아주 만약에 말이야, 내가 거북이 알을 품지 않았더라면.

- 나는 평생 너를 잊지 못할 것 같아.

- 네가 그렇게 말하면 나는 어떻게 살겠니.

- 미안해.

- 나는 평생 너를 사랑할 것 같아.

윤수는 차를 세우고 나를 바라보았다.

- 정말로 평생 너를 사랑할 것 같아. 설령 누군가와 연애를 하고 결혼을 한다 해도.

나를 포박하는 듯한 눈으로 윤수는 계속 나를 바라보았다. 뜨겁게, 축축하고 무겁게. 내가 할 수 있는 말은 고작 미안하다는 말뿐이었다. 나도 너를 사랑할 거라는 말을 참느라 코끝이 찡하게 아팠다. 꺼내지 않고 삼킨 말들이 자꾸만 속에서 나를 찔렀다. 내가 가까스로 뱉은 마지막 말은 그보다 더 아프게 윤수를 찔렀을 것이다.

- 잊지 않고 기억할게.

나는 너에게 무슨 미련을 남기려고 그토록 잔인한 말을 남겼을까. 이제 그만 만나자고, 헤어지자고 말하면서 정작 너는 나를 잊지 않았으면 좋겠다는 이기적인 마음이 부끄러웠다. 하지만 그렇게 하지 않으면 내가 살 수 없을 것 같았다.

- 이설아.

윤수 주변만 어둡게 구름이 낀 것 같았다. 윤수는 떨리는 손을 뻗어 내 어깨를 감싸안고, 두근거리는 심장 소리를 내게 전하고, 조심스럽게 머리를 쓰다듬고, 이마에 입을 맞췄다.

- 너는 평생 아름다울 사람이야. 부디 아프지 않았으면 해.

그건 너의 마지막 말이었다.

너의 말들이 하나하나 족쇄가 되어 나를 붙잡고 있다는 걸 알고 있을까. 네가 남긴 잔상을 따라 서성이며 걷고 있는 나를 알고 있을까. 네가 기도해준 대로 살기 위해 얼마나 기를 쓰는지, 나의 처절함을 안다면 너는 반드시 아플 것이다.

*

잠에서 깨자마자 비몽사몽할 틈도 없이 찾아오는 건 자괴감이다. 나는 왜 이렇게 잠을 잘 자는 건지, 끝이 없는 무력감에 스스로를 깎아내리는 시간이 나날이 길어졌다. 뭐라도 해보려 책상에 않으면 샤워를 하고 싶어 몸이 가렵고, 씻고 나오면 속절없이 배가 고프다. 뭐라도 먹으려 하면 잔뜩 쌓인 설거지를 해결하기 전엔 라면 하나 끓일 수 없다. 항상 느지막이 눈을 떠서 한 가지씩 천천히 일들을 해치워나간다. 널브러진 옷가지를 빨고, 어느샌가 길게 자란 손톱을 조심스레 깎는다.

삶은 거추장스럽다. 하나같이 조방한 것들로 가득 차 있다. 혼자 사는 삶이란 건 마냥 자유롭고 분방할 줄 알았는데, 그저 끝이 없는 루틴 속에 갇힌 것만 같았다. 나의 하루는 바빴지만 뚜렷한 목적 없이 찍은 사진처럼 예쁘지도, 의미 있지도 않았다. 무언가를 하고는 있지만, 앞으로 나아가지는 못하면서 하루하루가 흘러가고 남은 잔상만 좇아갔다.

SNS 속 대학 동기들은 저마다 자신의 삶을 열심히 살아가고 있었다. 격렬한 감정이 일어나는 것도 아닌데 아무렇지 않다고 말할 수는 없는 기분.

처음 대학에 들어갔을 땐 정말이지 새 삶이 시작되는 것만 같았다. 주변을 둘러보면 온통 새로운 것 투성이, 그 가운데 이제 막 바다에서 나와 뭍에 한 발을 디딘 나의 모습. 전혀 몰랐던 새로운 풍경과 성숙한 사람들 그리고 상황을 맞닥뜨리며 물속에서 참았던 숨을 몰아쉬었던 것 같다. 이제 이전과 다른 날들만 있을 거라고. 차갑고 어두운 바다 밑에 아니라 땅 위, 그 땅에서도 높은 곳을 향할 때가 된 거라고.

- 세상에서 가장 쉽게 깨지는 게 뭔지 알아?

- 사람에 대한 믿음.

- 그중에서도 특히 자기 자신을 향한 믿음.

SNS 계정을 비활성화로 돌렸다. 어차피 아무도 나를 신경 쓰지 않을 테니까. 내가 보인다면 신경 쓸지도 모르겠다. 그들이 나를 바라볼 시선들이 상상 속에서도 나를 옥죄어온다. 낯설던, 나를 훑어보던, 나에게 손을 뻗던 모든 사람의 눈들이.

동기들은 학년이 넘어가 새로운 것들을 배우며 자라고 있겠지. 나는 그냥 멈춰 있다. 돛이 없는 쪽배처럼 물결 위에 떠 있을 뿐이다. 목표도 방향도 없이 이리 밀리고 저리 밀리다 멈춰보니 똑같은 곳이다. 아무것도 달라지지 않은 풍경에 실망하면서도 나는 계속 그대로 있다. 그래, 이 세상에서 나만 멈춰 있다.

휴학을 한 건 잠시 멈춰 있고 싶다는 생각에서였다. 다만 자의는 아니었다. 내 삶은 구멍 난 젠가처럼 흐트러질 대로 흐트러져 언제 무너질지 위태로웠다. 여기서 멈추지 않으면, 그러지 않으면 숨조차 쉴 수 없었기 때문이었다.

죽이고 싶다.

그리고 살고 싶다.

나는 날카롭게 날을 세운 생각들을 둘렀다. 그런 나를 본 사람들은 손가락질을 하고 뒤에서 욕을 하기도 하고, 다가오려다 찔려 피를 보기도 했다. 분명한 건 그중에 나도 있었다.

생각이 깊어질수록 아무것도 하지 않는 시간들이 흘러갔다. 눈을 떴을 때는 분명 해가 동쪽에 있었는데 어느새 서쪽으로 기울어지고 있었다. 이대로 오늘이 그냥 지나가버릴 것 같다는 생각이 들자 두려움이 일었다.

밖에 나가야지. 실컷 걷고, 뛰고, 숨이 차올라서 목을 조여올 때까지 다니다 보면 이런 잡념들은 다 잊혀지겠지. 창문을 열어 차가운 공기를 마셨다. 이 정도면 꽤나 두툼하게 입어야겠지. 부드러운 티셔츠부터 목티, 니트, 가디건을 차곡차곡 껴입는다. 아무것도 하지 않고 하루를 보내고 싶진 않아. 두툼한 레깅스와 양말을 신고 조금은 불편한 신발을 꺼내 신었다.

차가운 공기가 폐에 닿으며 온몸이 부르르 떨렸다. 급하게 들이마신 숨이 체한 듯 한동안 폐가 뻐근하게 아팠다. 걸음을 더 빨리 옮겼다. 해방촌 내리막길을 걷는 동안 올라가는 차들이 나를 매섭게 스쳤다. 아직도 환하게 불이 켜진 가게들을 지나고 신선한 가죽 냄새와 흙냄새가 나는 공방도 지나 경리단길 입구로 향했다.

늦은 시간인데도 행인이 꽤 있었다. 다들 예쁘게 차려입고 기분 좋은 미소를 지은 채 나를 지나갔다. 행복해 보인다. 내가 곁을 스치고 가는 것도 신경 쓰지 않을 정도로 여유롭고 단단해 보인다. 나는 얼굴이 보이지 않을 만큼 고개를 숙이고 오르막길을 달렸다. 저 끝에는 아무도 오지 않는, 혼자 앉아서 쉴 수 있는 곳이 있다고 생각하면서 멈추지 않고 달렸다. 처음에는 무겁던 다리가 어느새 자연스럽게 앞으로 나아갔다. 두 다리가 어색하지 않게 엇갈리며 내달렸다. 아주 잠시, 중력에서 조금은 자유로워진 기분. 어둠이 나를 조금 덜 끌어당기는 기분으로 경리단길 꼭대기까지 달렸고, 이윽고 주황빛 조명이 내려앉은 공원에 도착해서야 숨을 몰아쉬었다.

내가 낭비한 하루에도 밤은 오고 끝이 왔다. 아쉬워도 흘러간

하루는 되찾을 수 없다는 사실에 머리가 지끈거렸다. 다들 앞으로 나아갈 때 혼자만 멈춰 있었다고, 점점 더 뒤처질 거라고 자책해도 소용없다. 이미 밤은 코앞까지 와 있고, 금세 모든 것을 덮치고 다음 순서로 넘어갈 것이다.

발바닥의 오목한 부분이 찌를 듯이 아팠다. 혼자 지새는 밤은 바람이 불어 춥고, 누구 하나 아픈 발을 위로해줄 이가 없었다. 혼자, 혼자, 되뇔수록 통증이 심해졌다. 못생겼지만 가장 편한 운동화를 신고 나올걸. 괜스레 신발에 심통을 낸다. 오래 걸을 때는 역시 발에 꼭 맞는 신발을 신어야 한다.

반드시.

네가 내게 준 것을

잠을 자다 말고 깊은 새벽에 다시 눈이 떠졌다. 갈기갈기 찢긴 듯한 꿈의 조각들을 더듬다가 그 틈새에 끼어 있는 윤수의 얼굴을 발견했다. 너는 웃지도 울지도 않았지만 억누르지 못하는 감정을 담은 눈으로 나를 보았다.

윤수야. 허공에 대고 가만히 네 이름을 불렀다.

- 혹시 그 노래 생각나?

내가 앞뒤 없는 엉뚱한 질문을 할 때마다 윤수가 짓곤 하던 조금은 바보 같은 표정을 떠올렸다. 잘생겼다거나 그렇지 않다고 말하기도 미안한 맑은 얼굴이었다. 윤수를 기억 속에서 보고 또 볼수록 잘생긴 건지 아닌지 오히려 흐릿해져만 갔다. 애초에 그런 구분은 무의미했다. 단지 사랑하는 얼굴, 사랑하지 않는 얼굴만 있을 뿐이다. 내게는 그 얼굴이 사랑의 표본, 사랑의 실체였다.

다시는 잠들 수 없을 것처럼 몸이 개운해서 한참을 망설이다 종이 한 장과 펜을 꺼냈다. 그리고 인사도, 안부를 묻는 말도 없이 써 내려갔다. 너를 향한 주체할 수 없는 말들을 그냥 끄집어냈다. 예쁘게 다듬어지지도 않은 투박한 말들을 체한 음식을 게워내듯 토해냈다.

네가 흥얼거리던 노래가 자꾸 생각나. 네가 내 옆에서 바람소리처럼 불렀던 노래가. 너조차도 제목이 뭔지 모른다던 낯선 노래를, 나도 제목도 모른 채 너를 따라 흥얼거렸어. 처음 네 목소리로 들었던 노래는 갈수록 희미해져가고 내 목소리만 남았는데도 계속 불렀어.

윤수 네가 나를 집에 데려다주면서 기분 좋게 흥얼거렸던 그 노래.

너는 기억 못 할지도 몰라. 내가 노래를 불렀나, 하고 머쓱해할 것 같아. 너처럼 애매모호하고 묘한 노래야. 알 듯 말 듯 자꾸만 마주치면서도 닿으려고 하면 멀어졌다 틈만 나면 흥얼거리게 되고, 기분이 조금이라도 가라앉은 날에는 곧장 그 흐르는 듯한 그 멜로디가 떠올랐어. 너를 닮은 노래.

어느 날 어느 순간 길을 걷다가 그 노래가 내 귀에 꽂혔어. 한 번도 원곡을 들어본 적이 없는데도 확신할 수 있었어. 내 기억 속 너의 모습에 언제나 함께 하던 노래니까. 아무리 변색됐어도 반짝이던 노래니까. 길을 가다가 이름 모를 가게에서 들리는 그 노래를 따라가서 제목을 묻고 손바닥에 적어 왔어.

You Give Me Something.

시간이 많이 지났어. 새삼 6년이라는 시간이, 또 2년이라는 공백이 헛헛하게 다가와. 6년이나 되었구나. 스물셋인 나에게는 4분의 1 정도 되는 시간이야. 앞으로 우리는 6년에서 멈추게 될지, 아니면 나중에는 내 인생의 절반을 넘어설 때까지도 우리가 햇수를 헤아리고 있을지 궁금해졌어. 하지만 그건 지나지 않고는 알 수 없다는 것도, 우리의 말 한마디 한마디에 달려 있다는 것도 너무 잘 알고 있어.

내가 대학에 붙었다고 했을 때 너는 알고 있다고 말했지. 왜 아무것도 묻지 않느냐고 의아해하는 나에게 네가 해준 말이 잊혀지지 않아.

아무 상관 없어.

어쩌면 너의 그 말이 너의 노래를 잊지 못하게 하는 것 같아. 그 노래를 들을 때마다, 그래서 아무 상관도 없다고 말하던 너의 목소리가 생각날 때마다 나는 깨달아. 너는 나에게 무언가를 주고 있다는 걸.

이 세상의 것이 아니기에 세상의 말로 형언할 수 없었던 것. 늘 나에게 무언가를 요구하고, 흠을 보이면 가차 없이 깎아내리던 사람들과는 다른 것. 그 흠을 메우려고만 발버둥 치며 살았던 나에게 안식을 주는 것.

그게 무엇인지 나는 아직도 언어로 정의할 수 없어.

그냥, 너는 나에게 항상 특별한 걸 주었어. 처음 만났을 때부터 그 좁은 세상에 갇혀 있던 날 꺼내주었고, 내가 아무리 발버둥 쳐도 얻을 수 없는 걸 값도 치르지 않은 나에게 주었어. 그렇게 노력하지 않아도 된다는 것, 그러지 않아도 너를 사랑스럽게 바라봐줄 사람이 있을 거라는 그 사실을, 너는 내가 절망을 시작하기 전부터 말하고 있었어. 네 앞에서 나는 흠투성이의 미완성품이 아닌 온전한 가능성 그 자체일 수 있었어. 노래가사처럼 나는 그 때문에 두려웠지만, 이미 늦었다고 날 비웃듯 내 모든 세포 하나하나가 널 원하고 있었어.

어떻게 그러지 않을 수 있겠어. 고개를 들어 꿈을 꾸듯 허공을, 그곳에 내가 그린 너를 마주 보았어. 너는 내가 처음 본 그대로의 윤수였어. 어쩌면 나는 너 때문에 걸을 수 있었는지도 몰라. 가끔 네가 보이지 않아도 내 뒤에 있으리라는 걸 믿었으니까. 너는 나에게 그런 걸 주었어.

흘겨 쓴 글씨들이 너저분하게 널려 있는 부끄러운 종이를 반듯하게 접었다. 종이를 서랍에 도로 넣고도 나는 한참이나 잠들지 못해 쪼그려 앉았다. 윤수가 나를 안아준 기억이 선명한데, 혼자

서는 스스로를 전부 안을 수 없는 가여운 내 팔에는 싸늘한 공기 만 내려앉았다.

제주의 거북 알

또 꿈. 이제는 지겹도록 익숙해진 그 꿈. 윤수는 나를 앞서가고 나는 윤수를 쫓아갔다. 왜인지도 모르고, 흐릿해서 아무것도 보이지 않지만 그 감각만은 소름 돋게 또렷한 꿈.

눈도 뜨지 않고 습관처럼 몸을 웅크렸다. 휴대전화에서 12시 알람이 울렸다. 앞으로는 더 일찍 알람을 맞춰놔야겠다고 생각하며 휴대전화를 들었는데 부재 중 전화가 두 통, 선명하게 찍혀 있었다.

'아빠.'

- 그 사람은 아빠가 잘 기억이 안 난데요.

마음요양소에서 함께 지낸 K 선생님은 무색무취의 사람이었다. 이렇다 할 특징도 없고 딱히 좋거나 나쁜 부분이 없는 사람. 그녀를 처음 본 사람들에게 K가 어떤 사람 같냐고 물어보면 다들 아무 말도 못 하고 우물거리기만 할 것 같은 백지의 사람. 그녀는 젊지도 늙지도 않은, 예쁘지도 못생기지도 않은, 친절하지도 냉정하지도 않은 얼굴로 나를 마주했다. 특별히 시끄럽지도 않아서 어쩌다 들리는 샤워 소리나 문 소리에 내가 누군가와 함께 사는구나, 실감하곤 했다.

- 정말로 그럴 수 있는 거예요? 사람이 무언가를 완벽하게 잊는 게 가능해요?

- 글쎄, 그렇다면 너는 '그 일'을 잊고 싶니?

K 선생님과의 면담은 정해놓은 시간 없이 자유롭게 진행되었다. 그녀는 일주일에 두어 번 정도 언제 시간이 좋겠느냐고, 내 방 문에 쪽지를 붙여놓았다. 그럼 나도 내키는 시간을 적어 그녀의 방문에 붙여놓았다. 그 시간이 되면 상담하는 방에서 만났고, 특별한 질문지나 테스트도 없이 따뜻한 차를 한 잔씩 앞에 두고 소소한 얘기를 나누었다.

- 너는 그 사람이 마음에 드는 모양이구나.

- 네. 엄청 다른 사람이에요. 닮고 싶은 모습이 많아요.

K 선생님은 상담실을 깔끔하게 비워두었다. 단 하나 인테리어라고 할 만한 건 투명한 유리 꽃병이었다. 그녀는 매번 신경 써서 꽃을 골라 꽂아놓았다. 생전 본 적 없는 샛노란색 꽃송이를, 제주의

하늘을 닮은 하늘색 안개꽃 한주먹을, 어느 날은 물감보다 생생한 빨간 꽃송이를 골라 왔다. 나는 상담실에 들어갈 때마다 꽃을 유심히 보고 선생님이 왜 이 꽃을 골라 왔는지 생각하며 그녀를 기다렸다. 작고 탐스러운 꽃 한 송이가 그날의 기분을 좌우했다. 나는 마음 가는 대로 한 주 동안 읽은 책이나 본 영화, TV 프로그램, 들은 음악이나 하고 싶은 것, 갖고 싶은 것 등에 대해 앞뒤 없이 늘어놓았다. 우리가 가장 많이 나눈 이야기는 윤수였다.

- 그 사람은 형이 미워서 형을 찾으러 여기까지 왔대요.

윤수를 떠올릴 때마다 그때 느꼈던 새뜻한 숨결이 다시 내 안에 차올랐다. 내 어린 갈비뼈와 맞닿은 익숙하지 않은 손가락의 감촉이 내가 윤수를 기억하는 첫 이미지였다. 나는 윤수가 제주에 얼마나 있었는지 모르지만 말을 꽤 잘 다룬다는 얘기, 운전을 잘한다는 얘기, 정확히 몇 살인지는 모르지만 대학생 정도 되어 보인다는 얘기를 했다.

내가 마음요양소에 갈 수 있었던 건 다 K 선생님의 전화 덕분이었다. 엄마는 선생님의 전화를 받고 별 망설임도 없이 보낼게요, 부탁드려요, 했다. 나를 절대 혼자 둘 수는 없다고, 가족이 항상 함께 해야 한다고 고집하던 엄마를 어떻게 설득했냐고 물었을 때, K 선생님은 잠시 마른 음식을 삼키는 얼굴을 하고는 나도, 했다.

나도.

K 선생님의 목구멍에서 내 배꼽으로 무언가 반짝, 이어졌다.

- 너랑 같은 일이 있었다고 말씀드렸어.

K 선생님은 여전히 애쓰고 있는 것처럼 보였다. 아직 삼켜야 할

마른 것들이 잔뜩 쌓여서, 어쩌면 영원히 삼키고 또 삼켜야 해서, 그보다 더 마른 눈으로 나를 바라보는 것이었다. 삼킨다는 것은 짊어지고, 짊어진 무게만큼을 이해하는 일이라고, 나는 어렴풋이 내 어깨를 쓸어내렸던 것 같다.

"월세랑 용돈 넣었다."

"응. 고마워요."

아빠와의 전화 통화에서는 미묘한 말줄임표가 늘어졌다. 불편한 긴장감에 침이 바짝 말랐다. 그냥 문자로 하지 왜 전화를 한 걸까. 무슨 중요한 할 말이 있는 걸까.

블라인드 틈새를 비집고 들어온 햇볕이 매섭게 눈을 찔렀다. 짓눌리고 있었다. 전화기 속의 침묵에 짓눌려 숨조차 제대로 쉬어지지 않았다.

"가끔."

신경이 곤두섰다. 머리칼 한 올 숨구멍 하나까지 아빠의 목소리에 집중했다.

"집에도 들르고 그래라."

세상에서 가장 두려운 말을 들은 것처럼 휴대전화를 쥔 손가락 인대에 꾹 힘이 들어갔다. 마른 입술을 한 번 핥고 웃음소리 비슷한 걸 내려 애쓰며 대답했다.

"그럴게요."

연락이라도 해라, 라는 말을 끝으로 서늘한 파열음과 함께 전화가 끊겼다. 바닥을 딛고 있는 발이 저려서 그대로 쪼그려 앉아 손으로 발을 주물렀다. 발끝이 핏기 하나 없이 찼다. 아무리 주물러도 서럽게도 나아질 기미가 없었다.

아빠의 전화에 비몽사몽할 틈도 없이 정신이 바짝 곤두섰다. 뭐라도 하지 않으면 견딜 수 없는 기분으로 방을 나섰다. 노트북, 지갑 하나 달랑 들고 서성이다 마치 가야 할 곳으로 돌아가듯 안녕바다에 갔다. 편안한 소파에 불편하게 앉아서 아르바이트 사이트를 뒤졌다. 발목이 시렸다.

아르바이트를 구해본 건 해방촌에 와서가 처음이었다. 남들 말을 빌리자면 보호받으며 곱게 자라서 편하게만 살아왔다. 그게 복에 겨운 일인지도 모르면서 그렇게 살았다. 누군가는 그런 내가 집을 나와 따로 살겠다는 얘기를 듣고는 역시 너무 귀하게 자라 철이 없다고 생각해도, 나는 할 말이 없었다.

원래 사람은 사람을 이해하지 못하는 법이니까.

구인 사이트에는 전혀 생각지도 않은 일들이 넘쳐났다. 거르고 걸러 수십 통의 이력서를 보냈지만 한 달째 아무런 답도 얻지 못했다. 어째서 회신조차 오지 않는지 나 자신만 탓하는 시간들이 반복됐다. 아무도 이유를 주지 않으니까, 스스로를 깎아들어가며 이유를 찾아내려 했다. 그럴수록 나는 병들고 아팠다.

한참 곤두세운 채 화면만 들여다보는 내 앞에 현이 작은 초콜릿 조각들이 담긴 볼을 내밀었다. 테이블 한가운데 놓인 채 너무 애쓰지 마, 하고 말하는 듯했다. 그는 평상시처럼 조심스러운 몸짓으로 내 맞은편에 앉아 초콜릿 조각을 입에 넣었다.

"아르바이트를 구하고 있어요."

묻지도 않았는데 스스럼없는 말들이 튀어나왔다. 벽난로 때문이라고 생각했다. 현은 고개를 천천히 끄덕이고는 어떤 아르바이트를 하고 싶은지 물었다. 일부러 핵심을 건드리지 않는 사람. 무슨 사정으로 눈에 핏대까지 세우며 아르바이트를 찾느냐고 묻는 대신 고개를 끄덕이는 사람.

"그냥 조금만 제 시간이 있었으면 좋겠어요. 더도 덜도 말고 잠깐이라도 멍하니 앉아 있을 수 있는 일이요."

나는 그런 사람 앞에선 무방비 상태가 된다. 윤수에게 그랬고 K 선생님에게 그랬듯이. 그래서 자꾸만 시덥잖은 말까지 늘어놓는다.

"대학생이 되면 진짜 자유로울 거라고 생각했거든요. 근데 전혀 아니더라고요. 그래서 휴학했어요. 아르바이트도 사실 로망 중 하나였는데, 시작도 못 하고 벌써 허덕이는 게 한심스러워요. 정말 다 해낼 수 있을 것 같았는데."

"그림 그리시는 분이죠?"

"어떻게 아셨어요?"

"그냥 느낌이 그랬어요."

"아… 네, 뭐 전문가는 아니고 그냥 학생이에요."

"그럼 전공 살린 아르바이트는 어때요? 미술학원 아르바이트도 많이 하던데요."

갑자기 윤수의 얼굴이 말과 말의 틈새를 비집고 튀어올랐다. 너는 평생 아름다울 사람이야. 족쇄처럼 그 말에 묶인 나. 빈 종이 앞에서 수없이 서성인 나의 모습.

"저 그림 못 그려요."

나는 치부를 들킨 사람처럼 웃음으로 무마했다.

*

- 그 사람에게 솔직해지되, 의지하지는 마.

K 선생님은 윤수에 대한 이야기 끝에 항상 그 말을 덧붙였다. 얄미운 말이었다. 의지하지 않을 사람한테 진실을 이야기해야 할 필요가 있냐고 따지고 싶었다. 그럴 때마다 그럼 나는 대체 누구에게 기대야 하냐고 물었다. K 선생님은 안쓰러운 얼굴로 내 손을 만지작거렸다.

- 사람은 사랑의 대상이지 믿음의 대상이 아니야.

- 그게 뭐예요. 그럼 선생님한테도 의지하면 안 돼요? 누구도 믿으면 안 되는 거예요?

- 믿음은 너무 쉽게 부서지니까. 그러면서 사람까지 부숴버리니까.

그렇게 말하는 K 선생님은 아주 무거운 소금 포대를 짊어진 것 같았다. 너무 무거워서 다 녹여 없애버리고 싶은데, 꼭 필요로 하는 사람들이 있어 이를 악물고 있는 얼굴. 그 무게만큼 혼자 덩그러니 놓여 있던 날들을 상상하게 만들었다.

- 그래서 사랑하는 수밖에 없어. 기대하는 것조차 미안할 정도로 사랑하면 오히려 상처받지 않아.

K 선생님의 목소리. 사랑해야 한다, 의지하면 안 돼, 솔직해야

해. 그날의 상담실에는 영원히 시들 날이 오지 않을 것 같은 보라색 튤립 한 송이가 있었다. 눈을 감았다 뜨고, 처음 보는 광경을 보듯 윤수를 마주 보았다. 윤수는 승마장에서 빌린 낡은 다마스를 몰아 어두운 논밭 사이를 천천히 달렸다. 차가 파도 위에 앉은 듯 불규칙하게 흔들렸다. 곱슬거리는 윤수의 앞머리도 차와 함께 넘실거렸다.

- 있잖아요, 사실 나 제주가 싫어요.

윤수가 차의 속도를 더 늦추었다. 이렇게 가다가는 영영 목적지에 도착할 수도 없을 것 같은 속도였다.

- 괜찮아.

시간의 생명이 다해 서서히 죽어가는 것처럼 모든 것이 멈춰갔다. 아주 느리게 느리게 흘러갔다. 그럼에도 불구하고 가긴 갔다. 윤수는 뭐가 괜찮다는 건지 그냥 괜찮다고만 했다. 아무것도 아닌 그 말에 마음이 가벼워졌다.

서울에서는 들어본 적도 없는 온갖 풀벌레의 울음소리가 소란했다. 여기저기서 산발적으로 시작되어 조화롭게 합쳐졌다가 다시 찌르르 흩어지는 소리를 들으며 내 마음도 같이 넘실거렸다. 평화. 이런 걸 두고 평화라고 하는지도 모른다.

차가 완전히 멈춰선 곳은 월정(月停). 달이 머문다는 이름이라고 했다.

월정리가 처음은 아니었다. 몇 달 전 제주에 처음 내려왔을 때 가족들과 다 같이 와본 곳이었다. 워낙 유명한 관광 해변이라 여름도 아닌데 사람들이 북적거려 모래사장엔 들어가지도 않았다. 엄마는 그런 내 팔을 몇 번이나 잡아끌었다. 제주까지 왔는데 해변은 한번 밟아봐야지, 하며 장난스럽게 간지럼을 태웠다. 두 번 세 번 밀어내도 엄마의 손끝은 집요하게 옆구리를 노렸다. 슬금슬금 타고 올라오는 느낌에 머리칼이 곤두섰다. 작고 다리가 많은 벌레들이 지나간 자리처럼 참을 수 없는 불쾌함에 몸서리쳤다. 다 뭉개버리고 싶다. 짓눌러 죽여버려야 해. 팔을 휘둘러 엄마의 손을 뿌리쳤다.

하지 마!

숨 한 번 참지 않고 내지른 소리에 주변에 있던 사람들이 다 우리를 쳐다보았다. 수군거리는 소리가 다 나를 향한 비난으로 들렸다. 나는 웃음이 넘치는 월정리 해변에서 혼자만 울적한 색을 띤 이단아였다. 다들 밝은 색인데 나만 시커먼 타르 같은 걸 뒤집어쓰고 있었다. 그 끈적함에 눌려 숨도 제대로 쉬어지지 않아 나는 계속 가쁘게 숨을 몰아쉬었다. 폐가 크게 부풀었다가 바람이 빠지며 커억, 하는 고장 난 소리가 났다. 뜨거운 머릿속엔 언젠가 뉴스에서 본 타르에 뒹굴며 질식사한 물고기의 이미지가 떠다녔다. 그 물고기를 내려다보던 사람들은 불쌍하다고 생각했을까.

아니면 비위 상한다고 욕했을까.

엄마는 내가 뿌리친 손으로 내 팔뚝을 잡고 울었다. 잔인하게 손가락을 짓이겨버리고 싶었다.

윤수가 월정리에 가보자고 했을 때 나는 대답하지 못했다. 그 물고기가, 시커먼 내 모습이, 엄마의 울음소리와 손가락이, 그걸 다 죽이고 싶다고 생각하던 잔인한 내가 너무 또렷하게 기억났다.

그럼에도 그를 따라 월정리에 다시 간 건 윤수에게 솔직하지 못해서였다.

이해받고 싶지만 이것저것 설명하기는 싫어서, 귀찮다기보다는 무서워서 그저 가만히 숨죽이고 있었다. 그곳에 도착해서도 해변에 들어서길 한참이나 망설이던 나에게 윤수는 여기가 바로 달이 머무르는 곳이라고 말했다. 반듯하게 재어 그린 것 같은 초승달이 걸려 있는 밤이었다.

- 달이 지구를 돌다가 여기서 잠깐 쉬었다 가는 거래.

- 왜요?

- 글쎄, 여기가 너무 어두웠나. 밝게 비춰주고 싶었나 봐.

말도 안 되는 동화 같은 말을 하며 너는 빙그레 웃었다. 그 미소가 그날의 초승달을 닮아서, 저 멀리 있는 달이 내 손 안에 들어온 것 같았다. 그래서 너를 그냥 사랑해보기로 했다. 그게 두려움 많은 어린 내가 할 수 있는 유일한 일이었다.

이렇게 예쁜 곳이 나중에는 기억나지 않을까 봐 겁나. 내가 이렇게 아끼는 제주가 서울 돌아가서는 흐릿해질까 봐.

살기 위한 아주 작은 몸부림. 윤수에게 뭐라도 해주고 싶어서, 그가 제주를 기억하듯 나도 그를 아주 오랫동안 간직하고 싶어서 시작된 작은 파도.

- 이설아, 너는 제주가 싫으니?

- 네.

- 왜?

- 사방이 다 바다잖아요. 무서워요, 바다는.

- 그렇구나.

- 깊이도 끝도 알 수 없고, 까맣고, 숨 막히니까. 가라앉으면 살 수 없잖아요. 바다가 좋아요?

- 그럼.

- 얘기해줘요. 바다가 왜 좋은지.

나도 너랑 같이 바다를 좋아하고 싶다는 말은 묻어두었다. 검은 생물체가 오늘은 잠잠했다. 그런데도 나는 바다가 순식간에 나를 집어삼키지 않을까 두려웠다. 저 안에 들어가면 나라는 존재는 지워진다. 아무도 찾아주지 못해. 심지어 나 자신조차도.

윤수는 바다 가까이 걸어갔다. 바다가 윤수의 발을 잡으려고 일렁였다. 나는 멀찍이 떨어져 그런 윤수를 응시했다. 까만 바다 한가운데 윤수가 서 있었다.

- 아주 오래전에.

너는 조심스레 입술을 뗐다.

- 우리 어머니한테는 애지중지하는 막내 남동생이 있었대. 나한테는 막내 삼촌인 셈이지. 우리 어머니가 첫째 딸이라 나이 차이가 많이 나서 그런지 엄마는 삼촌을 거의 업어 키웠대. 말을 가르치고, 밥을 먹이고, 학교에 데려가고. 어머니는 삼촌을 아들처럼 생각했대. 그런 삼촌이 지금의 나만큼 컸을 때쯤, 그러니까 막 성인이 됐을 때쯤 친구들이랑 바다에 놀러 갔대. 동해인지 서해인지는 나도 몰라. 어머니도 그런 것까진 기억할 정신이 없었다더라. 어쨌든 삼촌은 친구들이랑 성인이 되었다고 고삐가 풀려서 술을 진탕 마시고 놀았대. 기타 치면서 조개껍질 묶어, 노래도 부르

고 춤도 추고 놀다가 문득 더웠나 봐. 삼촌이 와아, 소리를 지르면서 바다에 뛰어들었대. 삼촌이 수영을 잘해서 삼촌 친구들은 저기 부표까지 다녀오겠거니 신나서 내기를 하고 있었대. 갈 수 있다, 없다. 근데 이상하게 아무 소리도 안 났대. 헤엄치는 소리도, 호흡 소리도. 뒤늦게 깨달은 친구들이 물속으로 뛰어들었는데 바닷물이 끔찍하게 차가웠대. 온몸이 찢어질 듯이 차가워서 갈기갈기 찢겼는지 삼촌을 찾을 수 없었대. 온 동네 사람들, 해양경찰들까지 합세해서 찾아봤는데도 찾을 수가 없었대. 그렇게 삼촌은 바다로 사라졌대. 나중에 알게 된 바로는 만취 상태에서 차가운 바다에 뛰어들었다가 심장마비로 즉사하는 경우가 꽤 있다고, 삼촌도 그런 경우인 것 같다고 결론지었대.

- 봐요, 바다는 무서운 곳이야. 다 집어삼키잖아.

- 근데 나는 말이야, 삼촌이 거기에 있다는 생각이 들어. 어디 가버린 게 아니고 그 바다에 삼촌이 있고, 어쩌면 그 바다가 전부 삼촌이겠다, 그런 생각이 들어.

- 어떻게 그래요?

- 몰라, 그냥.

- 말도 안 돼.

- 그래서 바다에 가면 삼촌이 내 얘기를 들어주는 것 같아. 파도가 거칠고 바닷물이 찰수록 삼촌이 가까이 있는 기분이 들어.

- 나 같으면 그 얘기 듣고 더 무서웠을 거예요.

- 글쎄, 나도 신기해. 어쩌면 삼촌이 아니라 그냥 막연하게 나랑 비슷한 사람이라는 생각이 들어서 그럴 수도 있어. 삼촌 이름이 윤

기였는데, 어머니가 나를 낳고 내 얼굴을 처음 본 순간 윤기야, 소리가 튀어나왔대. 내가 마치 삼촌의 환생인 듯 아직 핏덩이인 내 얼굴에서 삼촌이 보였대. 아빠가 하도 반대해서 결국 윤수라고 지었지만 어머니는 가끔 실수인지 고의인지 나를 윤기라고 불러. 윤기야, 하면 나도 그냥 대답해. 그래서 그런가 봐. 나는 본 적도 없는 나의 전생 같은 나의 핏줄이 저기 어딘가에서 내 얘기를 들어주려고 기다리는 느낌, 그런 느낌이야.

그때 다시 바라본 바다는 밝았다. 빛도 들지 않고 깊이도 알 수 없는 끝없는 나락이 아니라 너를 닮은 누군가가 잠들어 있는 포근한 요람 같은 곳. 너에게 그 바다를 선물하고 싶었다. 사진으로도 찍을 수 없고 심지어는 눈으로도 다 담을 수 없는 그 바다를 네게 주고 싶었다.

달이 환하게 바다에 내리고 있었다. 그래서 나는 네게 말했는지도 모른다. 그 환한 달과 두려운 바다의 일렁임 때문에.

- 나는 있지, 뱃속에 거북이 알을 품고 있어요.

제주에서 서울로

문득 둘러본 방 안이 싸늘했다. 해방촌에 온 지도 한 달이 훌쩍 넘었다. 마을버스를 타고 대여섯 정거장 가면 있는 물류창고에서 면접을 보러 오라는 연락이 왔다. 가깝기도 하고 장부만 쓰면 되는 간단한 사무일이라 해볼 만하겠다는 생각이 들었다. 다시 세상과 연결된 느낌. 그래, 그토록 냉정하던 세상이 아주 작은 희망 한 덩이를 던져준 것 같은 그 느낌은 낯설고, 낯이 익었다.

마을버스를 타려고 기다리는데 오는 버스마다 만원이었다. 사람들끼리 빼곡하게 끼어 있는 모습에 헛구역질이 났다. 그렇게 서너 대를 보내고 나서야 희망을 버리고 택시를 잡았다. 쾌적한 냄새가 났다.

제주의 두 달은 짧았다. 아빠가 전화를 걸어 서울로 돌아오라고 했다. 학교는 정상적으로 다녀야 한다며 엄마가 아빠를 끊임없이 설득한 결과였다. 제주에는 찬란한 봄의 장막이 내려왔고, 나는 그 봄을 제대로 보지도 못하고 짐을 꾸렸다. 캐리어에 옷을 하나씩 개어 넣을 때마다 구름이 끼어 뿌옇게 번졌다. 아무것도 보이지 않아서 나는 계속 윤수를 찾았다.

마지막 날은 이상한 느낌에 자다가 놀라 깼다. 누군가 나를 쳐다보고 있어. 어두운 곳에서 나를 노려보는 눈이 있었다. 외마디 비명도 나오지 않았다. 달이 서늘하게 떠오른 추운 새벽에 나는 자전거를 타고 윤수의 기숙사까지 내달렸다. 몸이 오들오들 떨렸다. 목소리가 나오지 않아 전화도 못 하고 문자를 보냈다.

- 어두워.

무심하게 불이 꺼진 기숙사 창문들이 늘어져 있었다. 까만 네모들이 빙글빙글 돌았다. 다 나를 쳐다보는 것 같아 눈을 질끈 감았다. 그때 네모 하나가 탁, 밝아졌다. 밝은 노란 불빛으로 켜졌다.

- 어디니?

휴대전화가 진동했다. 얇은 슬리퍼를 신고 계단을 뛰어 내려오는 소리가 들렸다. 무언지도 모를 어떤 것에 견딜 수 없는 기분이 들었다. 심장에서부터 손가락 끝까지 모든 혈관이 쿵쾅거렸다. 눈앞이 거의 아득해질 즈음 윤수가 내 앞에 왔다. 피곤한 기색 하나 없이 너는 내 손을 잡았다.

- 밝아질 때까지 같이 있자.

우리는 동쪽으로 걸었다. 저쪽에는 태양이 있을 거야, 정말. 윤수는 나를 다독이며 걸었다. 손끝이 내 어깨에 톡 톡 느리게 닿는 느낌이 좋았다. 아주 천천히 발바닥이 땅에 닿는 느낌. 방금 전까지는 중력이 사라진 것처럼 내가 어디로 날아가 사라질 것 같았는데, 윤수의 손이 닿는 순간 세상도 나도 원래대로 돌아왔다. 너라는 더 커다란 중력이 나를 도로 끌어당겼다.

아무 일도 없었다는 듯이 우리는 걷고 또 걸었다. 손을 잡고 걷는 느낌이 춤을 추는 것 같았다. 발을 엇갈리게 내밀고, 팔을 흔들고, 고개를 저어 상대방을 바라본다. 바람을 따라 펄럭인다. 우리는 그대로 템포가 일정하지 않은 소박한 춤을 언제까지고 같이 출 것 같았다.

해가 어스름히 떠오를 때까지 그렇게 걷다가 해변 끝에 다다랐다. 우리는 환하게 불을 밝힌 가로등 아래 나란히 앉아 알 수 없는 노래를 흥얼거렸다. 네가 언젠가 불렀던 노래와 내가 들어본 적이 있는 노래들을 막무가내로 불렀다. 그게 뒤섞여서 누군가를 애타게 찾는 듯한 노래가 되었다. 무속인이 신을 부르듯 우리도 무언가를 불렀다.

- 몇 시 비행기니?

- 정오요.

- 일찍 도착하겠네.

- …….

따뜻한 색이 서서히 떠올랐다. 성산 일출봉 너머로 하늘이 파랗게 밝아오고 있었다. 아침이다. 서울로 돌아가야 하는, 제주에서 맞는 마지막 아침. 바람이 제법 온화했다. 목구멍이 간질거리는 날씨.

- 서울에 돌아가기 싫어요.

바람에 날리는 앞머리 너머로 윤수의 눈동자가 또렷했다. 윤수는 나에게 거울 같았다. 윤수의 눈을 보면서 나는 있는 그대로의 나를 보았다. 작고 초라하고 쉽게 으스러질 것 같은 얼굴을 한 나를. 숨을 헐떡이고 예민하게 곤두선 나를. 그럼에도 불구하고 여전히 사랑받기를 원한다고 말하는 김이설을.

- 여기에도 거북이가 있겠죠?

- 아마 있겠지?

- 우리 집에서도 커다란 거북이를 키우거든요. 거북이는 원래 힘이 엄청 세대요. 턱 힘으로 웬만한 건 다 부술 수 있대요.

새벽녘에 나를 노려보던 눈, 그건 거북의 눈이었다. 나를 날카롭게 파헤치던 거북의 눈이 선했다. 팔뚝에 우수수 닭살이 돋았다.

- 그걸로 내 팔을 잘라버렸어요.

이를 악물었다. 환부가 화끈거리며 아팠다. 한 손으로 다른 쪽 팔을 세게 움켜쥐었다. 윤수가 놀라서 그런 나를 향해 돌아앉았다.

-너무 아파서 막 울었어요. 팔이 잘려서 마구 피가 나고 아파서 엉엉 울었어요. 그리고 엄마를 찾았어요. 엄마, 나 너무 아프다고, 거북이가 내 팔 이렇게 했다고, 내다버리라고 계속 울었어요.

윤수는 내 말과 다르게 너무나 멀쩡한 내 두 팔을 감쌌다. 손이 따뜻했다. 그는 계속 나를 들여다보았다. 윤수의 눈에 비친 나는 정말로 많이 다쳐서 목숨줄 끝을 간신히 부여잡고 있는 사람 같았다.

- 근데 엄마가 아니라고, 그럴 리 없다고 했어요. 거북이는 착한 동물이라고, 엄마가 거북이를 잘 아는데 거북이가 그럴 리 없다고 했어요. 나는 팔이 잘려나갔는데, 이제 평생 이렇게 장애를 가지고 살아갈 텐데. 그 앞에서 엄마는 내 잘린 팔을, 폭포수처럼 뿜어져나오는 피를 보지도 않았어요. 나는 계속 죽어가는데 엄마는 내가 뭐 착각한 거 아니냐고, 내가 거북이한테 물릴 행동을 한 거 아니냐고 따졌어요.

윤수가 나를 가만히 안았다. 팔에 힘을 주어 소중히 품에 넣었다. 나는 그대로 윤수의 품에 얼굴을 파묻었다. 서울에 가기 싫다고 칭얼거렸다. 윤수는 투박하게 내 머리를 쓰다듬고 또 쓰다듬었다. 그렇게 하면 구겨진 마음이 깨끗하게 펴지기라도 할 것처럼 정성스레 쓰다듬었다.

- 지금까지 내가 한 말은 다 거짓말이에요. 아무것도 기억하지 말아요.

윤수가 울먹이는 나를 더 세게 안으며 고개를 끄덕였다. 정말 아무것도 기억하지 말라고, 우리는 손가락을 걸고 약속했다. 다시 눈을 떠서 바라본 세상은 화창했다. 티끌 하나 없이 맑은 날이었다.

- 뒤를 봐봐.

윤수의 고갯짓을 따라 고개를 돌렸다. 등 뒤로 언제 피었는지 모를 샛노란 유채꽃이 바다만큼 끝도 없이 펼쳐져 있었다. 눈이 아플 정도로 찬란한 유채꽃밭에 하루 종일 포근하게 안겨 있고 싶었다. 울컥 눈물이 차올라서 괜히 눈을 감았다.

- 이설아, 너는 평생 이렇게 아름다울 사람이야. 내가 약속할게.

윤수의 목소리가 맴돌았다. 가만히 듣고 있으면 마치 다른 차원의 공간이 생겨난 것만 같았다. 그 차원에는 윤수와 나, 단 둘만 있었다. 아무도 없고 아름다운 유채꽃만 흐드러졌다.

- 내가 다시 너를 찾아갈게. 옆에서 네가 아름다운 것만 보며 살도록 지켜줄게.

세상 모든 것이 빛났다. 윤수가 있는 곳은 그 어디든 천국보다 나았다. 하염없이 네 손가락을 하나씩 만지작거리다 해가 치솟을 즈음 우리는 함께 일어났다. 아무 말도 없이 택시를 타고 돌아가서 미리 싸둔 캐리어를 챙겼다.

K 선생님은 현관 앞에서 나를 가볍게 안았다. 선생님에게서 옅은 꽃내가 났다.

- 연락해. 괜찮지 않을 때는 언제든.

짧은 인사를 마치고 공항으로 향했다. 윤수와 나는 한마디도 하지 않았다. 손과 손이 살짝 맞닿은 채 서로 반대편 창밖을 내다보았다. 탑승 수속을 마치고 비행기가 떠서 제주가 발밑 멀리 작게 보일 때까지도 아무 느낌이 없었다. 그러다가 기압 때문에 귀가 멍해질 때쯤 왈칵 눈물이 터져나왔다.

- 내가 약속할게.

그게 우리의 첫 번째 이별이자 약속이었다.

*

인간의 혼에는 제약이 없다고 아주 오래전 한 철학자는 말했다. 내가 드넓은 우주를 생각하는 동안 내 혼은 이미 우주에 가 있다고.

책상에 두꺼운 도화지를 펴놓고 앉았다. 어두운 방 안에 스탠드 하나, 향초 하나를 켜놓고 금빛 촉이 빛나는 만년필을 집어 들었다가 다시 내려놓았다. 눈을 감고 그때로 돌아가기를 소망했다. 윤수와 함께 바라본 그 마지막 바다의 온도, 새벽 공기와 유채꽃이 햇볕에 드러나던 순간의 향기. 그것들이 있는 공간을 꿈꾸었다.

눈을 뜨니 불빛이 아른거렸다. 다시 만년필을 들고 뾰족한 촉을 손끝으로 만졌다. 점처럼 단호한 촉을 도화지에 긋는다.

사각.

불안하게 가느다란 선이 도화지를 가로지른다. 선의 기울기가 위태롭다. 뭘 그리고 싶은지 정확하지 않아서 눈을 반쯤 감은 채 손을 휘두른다. 사각거리는 소리만 방 안에 남고 나는 적막하다. 그 적막 가운데서 속삭이는 윤수의 목소리가 들릴 것 같았다.

그제야 실감이 났다. 윤수는 나의 뼈 사이사이에 녹아들어 있구나. 나를 자라게 하고, 나를 구성하고 있구나. 우린 어쩌다 이런 사이가 됐을까. 윤수는 나에게 너무 큰 의미였다. 왜 그랬는지, 그 이유조차 가려질 만큼.

첫사랑. 그 이름 때문일 거라고 짐작해보지만, 내가 널 만나기 전에 아무도 몰랐던 건 또 아니었다. 결국 첫사랑이라는 명분도 내가 너를 포장한 수단에 지나지 않았다. 사실 엄연히 따지면 포장은 아니라고 또 다른 내가 변명했다. 그냥 윤수를 만나기 전의 세상은 기억나지 않았다. 네가 없는 세상에서 나는 어떻게 살아왔으며 누굴 만났고 어떤 사람이었는지. 나의 세포들은 온통 너로 이루어져 있어 나와 너를 분리할 수조차 없었다. 그런 네가 첫사랑이 아니면 이 세상의 사랑은 다 거짓이다.

나와 윤수를 아는 사람들이 우리를 향해 도대체 무슨 사이냐고 묻던 게 생각났다. 윤수는 어떻게 대답했을까. 알 수 없다. 나는 그럴 때마다 입을 닫을 수밖에 없었다. 당당하게 사랑하는 사이라고 말하기엔 너와 나는 한 번도 명백하게 연인인 적이 없었다. 그렇다고 우리가 그저 가까운 사이라고 말하기엔 너는 나에게 너무 다정했다.

윤수는 처음 만난 순간부터 나에게 다정했다. 마치 평생 아무데도 가지 않고 그 곁에 있어줄 것처럼 깊은 다정함이었다. 냉정히 말하자면 그건 나에게 너무 가혹했다. 너와 수차례 헤어지고 나서도 나는 내 삶에서 너를 분리할 수 없었다. 그는 매 순간마다 나에게 스며들었다. 섞이고 녹아들고 뒤엉켰다. 무한히 벌어져 있던 나의 성장판에 그러한 순간의 조각들이 박혀 나의 일부가 되었다.

지금 와서 생각해보면 우리는 그런 사이였다. 관계를 묻는다면 서로가 이미 서로이기에 무엇이라고 정의 내릴 수 없는 사이. 그때는 그렇다는 사실조차 몰랐지만.

그런 윤수를 떠올리면서 계속 선을 그어나갔다. 종이가 지저분한 선으로 덮일 때까지. 수많은 직선과 곡선이 뒤엉켰다. 그 사이로 아주 흐릿하게.

너는 평생 아름다울 사람이야.

그날의 제주가 보였다. 파랗고 노란, 끝도 없이 찬란한 제주가.

목소리는 깃털처럼 가늘고 부드럽고 가벼웠다.

굼은 그 목소리를 붙잡았다.

'우리는 왜 떠오를까?'

몬이 말했다.

'우리의 존재가 너무 가벼워서 그래.

우리의 무게를 무겁게 해야 해.'

2. 서울

바람은 공간을 이룬다

- 사람이 처음 태어나면 자신이 세상의 일부분이 되었다고 생각하지 않는대요. 세상이 다 자기 거라고 생각하는 거죠. 다 자기에게 집중하고 귀를 기울여주니까. 울면 달래주고, 어디 다칠까 옆에 항상 있어주고, 소중하다는 듯이 만져주잖아요. 그래서인지 어렸을 땐 다들 그래요. 그런 어른들의 말에 속아서 다들 자기가 TV에 나오는 히어로물의 주인공인 줄 알아요. 다치지도 죽지도 않고 항상 이기기만 하는 그런 거. 자기는 항상 정의롭고 신의 가호를 받는 줄 알고.

- 원래 유아들은 다 세상이 자기를 중심으로 돌아가는 줄 안대.

- 근데 그런 것이 중요한 게 아니에요.

- 그럼?

- 사고가 중요해요. 예를 들면 교통사고 같은 거.

- 그게 왜?

- 그 순간 알게 되거든요. 나는 만화 주인공처럼 천사가 수호해 주는 사람도 아니고, 까딱하면 너무 쉽게 죽을 수도 있고, 다치면 소리도 못 낼 정도의 고통을 있는 그대로 느껴야 하는 '그냥 인간' 일 뿐이라고.

- 잔인하네.

- 전혀. 오히려 친절해요.

사고라니, 나는 내가 뱉은 단호한 말을 입술 안에서 한참 되뇌었다.

*

우리가 다시 만난 건 분명 기적이었다. 설명할 수도 없는 기적으로 이어졌다고 나는 믿었다.

서울. 서울에서 태어난 나는 서울이라는 공간을 인식하지 못했다. 나에게 세상은 서울이 전부였고, 그 밖의 공간은 생각해본 적이 없었다. 그저 모든 곳이 서울인 게 당연했다.

그런 내가 서울을 '서울'이라고 부르게 된 건 제주에 다녀와서부터였다. 제주라는 섬이 있었다. 내가 모르는 동안에도 그곳에 있었다. 그곳에서도 누군가의 삶이 계속되고, 새로운 것들이 탄생하는 울음소리가 조용히 울렸고, 한 번도 들어보지 못한 바람 소리가 노래했다. 내가 그곳을 모르는 동안에도, 내가 모르기 이전에도 그곳은 있었다. 나와 만나는 순간을 기다리고 있었는지는 모른다.

그리고 그렇게 네가 있었다. 윤수라는 사람이 홀로 존재했다. 내가 모르는 동안에도 어떤 삶을 견뎌내고 있었다.

네가 어떻게 사는지 모르는 채 1년의 시간이 흘렀다. 제주의 날들은 흐릿해져갔다. 내가 엄마에게 가족이라는 이름을 조각조각 잘라버리고 싶다고 말한 날, 영원히 저주하고 미워하겠다고 말한 그날이 매일 밤 꿈속을 뒤집어놓았다. 제주에서는 다 괜찮았던 것 같은데 서울에 올라오고 나서는 다시 예전으로 돌아갔다. 잠을 자면 꿈을 꾸고, 꿈을 꾸지 않기 위해 잠을 자지 않아 몸이 망가졌다. 자주 아프고 집에 있는 시간이 많아지니 엄마와 마주치는 횟수가 늘었다.

집에 있는 동안 한마디도 하지 않았고, 거의 병적으로 피하는 나에게 엄마는 잘하려고 애썼다. 악순환이었다. 나는 벗어나려고 발버둥 치는데 엄마는 기를 쓰고 좇아왔다. 아무 의미도 없는 끝없는 달리기에 나는 또다시 거의 탈진 상태였다.

도망치고 싶은데 갈 곳이 없었다. 열아홉의 작은 세계는 금이 가고 부서져내렸다. 언제 끝날지 모르는 지진에 나는 피난처 없는 피난민이었다. 텅 빈 운동장에서 이 모든 게 지나가기를 하염없이 기다렸다. 지나치게 감정적인 내 땅이 늪처럼 나를 집어삼키는데 허우적거리지도 못했다.

그때 기적처럼 윤수가 다시 나타났다. 제주만큼 바람이 많이 부는 날, 딱 그만큼 흐드러진 유채꽃 다발을 들고서.

모든 사고가 정지했다. 나의 세계엔 제주의 마지막 밤처럼 윤수와 나만 남았다.

윤수다.

- 윤수.

다시는 볼 수 없을 것 같던, 그러면서도 가느다란 운명 한 줄기는 연결되지 않았을까 내심 기대했던, 그 윤수가 눈앞에 있다. 아무리 되짚어도 실감이 나지 않는 명제가 마음에 와닿았을 때, 꽃봉우리가 한순간 만개하듯 나는 너를 향해 피었다. 네가 없던 서울의 날들은 기억나지 않을 정도로 나는 너에게 뛰어들고 싶었다.

윤수는 수업이 막 끝난 내 앞에 나타나 아무 말 없이 꽃다발을 건네고 자연스럽게 집까지 함께 걸었다. 호들갑 떨거나 선불리 굴지 않았다. 한 뼘 정도 떨어진 거리에서도 네가 닿아 있는 것처럼 느껴졌다.

- 자주 데려다줄게.

- 왜요?

- 너를 만나러 온 거니까.

윤수가 나를 기억하지 않을 거라고 생각했다. 어리고 철이 없어 번거롭기만 한 나 같은 사람은 쉽게 잊었을 거라고 생각했다. 나에게는 너무 큰 의미였던 시간들이 윤수에게는 별거 아닐 거라고, 그러니까 다시 보지 못하더라도 상처받지 말자고, K 선생님 말대로 사람을 신뢰하지 말자고 다짐했다.

근데 너는 그 다짐의 시간들이 무색하게 그냥 내 앞에 있었다. 원래부터 거기에 있었던 것처럼. 우리는 그냥 마주친 것 같았다. 어차피 같은 길 위에 있어서 언젠가 꼭 한번은 마주칠 운명인 것처럼. 그냥 마주쳤고, 그게 너무 자연스러워 이상하지도 않았다. 네가 나를 집에 데려다줄 때 눈치 챘다. 이 일은 반드시 일어날 일이었구나.

그리고 나는 온 마음을 다해 너를 믿어보겠구나.

*

유난히 기운이 없어 터덜터덜 해방촌 언덕을 올랐다. 오늘따라 언덕이 유난히 가파르고 사나워 보였다. 오르지 말라는 것처럼 나를 밀어냈다. 작은 바람에도 나는 비틀거렸다. 먹고살려고 아르바이트를 구하러 다녔는데 살아갈 힘을 잃은 채 자존감만 바닥을 쳤다. 아니, 자존감은 원래부터 제로였을 수도 있다.

뒤에서 수상한 인기척이 났다. 무시무시한 사건사고를 담은 뉴스들이 순간 머릿속을 헤집었다. 누군가 나를 따라오고 있었다.

내가 지금 여기서 무얼 하는 걸까. 나는 길을 잃은 걸까. 결혼해서 분가할 때까지, 아니 적어도 또래 친구들이 독립하는 평범한 시기까지 참아야 했나. 내가 이곳에서 혼자 할 수 있는 게 뭐가 있을까. 아빠는 내게 매달 보내는 돈을 버느라 온몸이 삭아들어가진 않을까. 걱정이 안 되는 건 아니지만, 엄마를 더 이상은 보고 싶지 않았다.

엄마와 사이가 좋지 않다고 말할 때마다 돌아오던 말들이 생각났다. 철들면 후회할 거야, 있을 때 잘해야지, 부모 자식 싸움도 칼로 물 베기라더라. 지나고 보면 아무것도 아닐 일들을 가지고 나도 시간을 낭비하고 있는 걸까.

죄책감. 완전한 악역도 되지 못하게 만드는 말이었다. 나는 내 상처에 아파하면서 상처 준 사람이 행여나 상처받을까 두려워했다. 지긋지긋해. 차라리 내 손으로 죽이고 싶었다. 평생 지고 갈 죄책감이라면 차라리 정말 죄를 짓는 게 나을지도 몰라. 하지만 나는 결국 여기서 죽겠지.

언제 끝나도 이상하지 않은 삶이었다. 버거운 불행을 지고 살아가는 것도 지쳤다. 죽이지도 못할 사람을 죽이는 상상과 보내지도 못할 편지를 쓰려고 매일 밤을 지새우는 바보 같은 짓도 그만두고 싶다.

어차피 지금 나는 산 것도 죽은 것도 아니야. 남들처럼 살아가지 못하고, 생산적인 일이라고는 배설뿐이다. 매일 숨을 쉬고 먹고 자며 목숨만 유지하는 삶은 세상에 쓸모없는 먼지 같은 건지도 몰라. 거추장스러운 생명.

어차피 누군가에게 나는 그저 지나가는 한 사람일 뿐인 이 세상에서 온전히 살아 있지도 죽지도 않은 상태로 연명할 뿐이다.

그런 생각에 스스로 비참해지는데 누군가 뒤에서 휘파람 같은 소리로 나를 불렀다.

"바흐르."

그건 내 이름이 아니었지만 분명 내 것 같았다.

"바흐르, 같이 가요."

무의식적으로 고개를 돌리자 낯익은 백발의 여인이 총총 뛰어왔다. 그 뒤로 마스크를 뒤집어쓴 남자가 휙 돌아 도로 언덕을 내려갔다. 여인은 다정하게 웃으며 내 어깨를 감싸고 안녕바다까지 빠른 걸음으로 걸었다. 춥죠, 코앞이니 조금만 참아요. 그녀는 조금 과장되게 말했다.

나를 따라오던 검은 남자는 어느새 보이지 않았다. 여인과 함께 안녕바다의 문을 열자 훈훈한 기운이 뺨을 감쌌다. 현이 책을 읽다가 고개를 들어 우리를 보았다.

"같이 들어오네요? 서로 모르는 줄 알았는데."

"아가씨 뒤에 이상한 사람이 따라오더라고요. 다급한 상황이라 아는 체 좀 했어요. 아가씨, 괜찮아요? 식은땀 나는 것 같은데."

여인은 땀에 젖은 내 등을 다정히 쓸었다. 그제야 막혔던 숨이 뚫리고 한숨이 나왔다. 다리에 힘이 풀리고 후들거려 몸을 지탱할 수가 없어 나는 와르르 무너져 주저앉았다. 속에서 역겨운 냄새 같은 게 끓어오르는데 나는 무얼 하려는지 입술을 열지도 못했다. 강아지 신음 소리 같은 낑낑거림이 입술 새로 삐져나왔다. 소리를 지르며 도망치고 싶은 기분을 이를 악물고 참았다. 무엇을 지키려고 참는지도 모른 채로.

백발을 한 묘령의 여인은 계속 내 등을 쓸었다. 주름이 자글자글한 마른 손바닥이 내 등에 닿았다. 땀이 축축하게 배어 있었다. 내 땀인지 그녀의 땀인지도 모를 축축함에 어쩐지 점차 마음이 가라앉았다.

"무슨 생각을 그렇게 하면서 걸었어요? 위험해 보였어."

마치 원래 알고 지내는 사람인 듯한 다정함이었다. 누구냐고 물을 틈도 없이 그녀는 내 팔뚝을 조심스레 잡고 일으켰다. 첫 걸음마를 뗐을 때 그랬던 것처럼 나는 작은 발자국으로 걸었다. 그녀가 단단하게 잡아주는 힘에 의지해 안쪽으로 걸었다.

문이 열렸다. 항상 닫혀 있는 문, 손님들이 화장실로 착각하는 그 방이었다. 안에서 늘 포근한 말소리가 들리던 방. 그녀는 방문을 열고 폭신한 방석을 이어서 깔았다. 조심히 나를 눕히고 조명을 은은하게 밝혔다.

"이제 안전해요. 여기는 괜찮아요."

집에 돌아와 방문을 이중 삼중으로 잠그고 이불 속에 들어가 웅크렸다. 온몸을 빈틈없이 감싸고 얼굴을 베개에 파묻은 채 잘 쉬어지지도 않는 숨을 몰아쉬었다.

까맣다. 까맣게 어둡고 숨 쉴 공기도 없는 이 좁은 방만큼이 내가 안전하게 있을 수 있는 유일한 공간이었다. 발가락 끝을 힘주어 잡아당겼다. 온몸의 근육이 팽팽하게 서로를 끌어당겼다. 그래, 이게 안전해.

나의 오만함을 생각했다. 세상을 안전하다고 믿으려 했던 나를 상처받은 어린 내가 노려보고 있었다. 나의 아픔을 특별함으로 여겨주었던 윤수를 떠올렸다. 그에게서 도망쳐놓고, 또 누군가에게 특별해지고 싶던 나의 오만함이 수치스러웠다. 결국 내가 나를 이렇게 만든 거다. 위험한 줄도 모르고 세상에 다시 발을 들인 내 잘못이다. 모든 게 다 내 잘못이야.

나는 언제까지 이렇게 아플까. 이 아픔이 나아진다 해도 또 다른 아픔이 오지 않을까. 나는 이렇게 평생 아플까 봐 두려워하며 살아가야 하는 건가. 도대체 언제 완전히 행복해질 수 있을까.

모든 게 너무 막연해져서 그냥 귀를 막고 눈을 감았다. 그냥 이대로 이렇게 있자. 잠들어버리자.

굼과 몬은 손을 맞잡았다.

'사실 이 세상의 모든 존재는 공중에 떠.
특히 뿌리가 없는 존재들은 더.
똑똑한 인간들은 일찍이 자신이 얼마나 가벼운지 눈치 챘어.
영악하게도 그들은 뿌리 대신 자신을 붙잡아줄 무리를 만들었지.

그들은 모이고 뭉치고 손을 잡고 몸을 부비며
떠오르지 않음에 안심하면서도
한편으론 무리를 잃을까 두려워 떨었어.
그 두려움 탓에 인간들은 욕심을 갖기 시작한 거야.

이 세계의 모든 이기심이
거기서 태어났어.'

몬 너머로 하늘의 색이 서서히 바뀌어갔다.

혼자 사는 섬에

윤수는 우리 학교 근처에서 편의점 아르바이트를 시작했다. 윤수가 데려다준 날 이후 나는 자주 편의점을 찾았다. 방해되지 않으려고 직원 휴게실에서 있는 듯 없는 듯 웅크리고 윤수를 기다렸다. 그러다 가끔 손님이 없는 시간에 문을 빼꼼 열고 윤수와 이런저런 얘기를 했다. 너는 그런 나를 안쓰러운 듯이 보기도 하고, 함께 있어도 괜찮다고 말해주기도 했다.

네가 나를 스무 번 정도 데려다준 어느 날부터 네 옆엔 조그만 간이의자가 놓여 있었다. 나는 거기 앉아서 종알종알 떠들었다. 재고가 들어오면 물품 정리로 바쁜 너 대신 카운터를 보기도 했다. 네가 교복 위에 편의점 조끼를 입혀주면 어색한 손놀림으로 바코드를 찾아 허둥댔다. 너는 그런 내 모습을 보며 좋다고 했다. 너에게 배워 담배를 찾는 손님들은 꼼꼼히 신분증 검사를 했고, 배고플 때는 컵라면 하나를 들고 와서 사달라며 졸랐다. 유통 기한이 지난 폐기 도시락을 같이 까먹고 내기를 해서 진 사람이 츄파춥스를 두 개 사서 입가심을 했다.

너는 내가 물걸레질을 참 못한다고 놀렸다. 안쪽부터 닦아야 발자국이 남지 않는다고 매번 말해줘도 나는 아무 데서나 닦기 시작해 닦기 전보다 더러워지는 일이 많았다. 그런데도 잘한다고, 수고했다며 내가 보고 싶다는 영화를 다운받아서 같이 보았다.

문득 너는 같이 있으면 심심하지, 하며 미안해했다. 나는 그냥 고개를 저었다. 그리고 네 옆에 꼭 붙은 채 차마 너를 보지는 못하고 말했다.

- 그냥 가까이 있고 싶었어요.

한 번도 해본 적이 없는 말이었다. 지금 생각해보면 세상 어떤 사람이 그때의 나만큼 솔직할 수 있을까 의문이 들 정도로 나는 솔직했다. 네가 좋다고 느껴질 때는 좋다고 했고, 너와 헤어질 때는 보고 싶을 거라고 말했다. 그럴 때마다 너는 꽃이 만개하듯, 커다란 새가 하늘에 머무르려 날개를 펴듯 활짝 웃었다. 특별할 것도 없는 그런 나날들이 나는 좋았다. 너도 좋은 듯했다. 네가 좋대서 나도 좋았다.

함께 있을 때는 꼭 한두 번씩 전화가 왔다. 너는 웃음기가 가신 얼굴로 허겁지겁 나가 전화를 받았다. 엄마, 하는 네 입 모양이 보였다.

그러면 나는 너에게 엄마는 어떤 의미일까 생각하면서 괜히 고개를 돌렸다. 엄마, 라고 부르는 그 입술이 너무 다정해서, 나 같은 건 알지도 못하는 종류의 유대감이 엿보여서 괜히 기분이 묘했다.

하루는 너에게 엄마가 어떤 존재냐고 물었다. 나에게는 어떤 의미일까 궁금했던 거였지만.

- 글쎄, 그냥 그대로 엄마이지 않을까.

엄마.

- 네가 엄마, 라고 말할 때 느껴지는 그 느낌. 그게 정답 아닐까. 사람마다 부여하는 의미가 다르니까.

그렇게 말하며 윤수는 손을 뻗어 내 머리칼을 정리했다. 나는 윤수를 따라서 엄마, 하고 발음했다. 입술이 달싹거렸다. 옹알이를 하듯 입 안에 부드러운 음이 맴돌았다. 이게 엄마구나. 이 이상도 이하도 아닌 말캉하고 따뜻한 푸딩 같은 의미. 딱 이만큼이 내가 바라는 의미였다.

- 이설아.

- 응.

- 너무 깊게 생각하지 마. 의미라는 건 원래 다 이름일 뿐이야.

윤수가 깨끗하고 단단한 손으로 내 손을 붙들었다. 제주 바닷가에 구르던 돌멩이 같은 손이 떨리고 있었다. 네 손인지 내 손인지도 모르게 우리의 손이 떨리고 있었다. 우리는 그렇게 불안을 공유했다. 무엇인지 실체도 잘 알지 못하는 그 어두운 덩어리를 나누어 가졌다. 이게 바로 불안이라는 거야, 만질 때 주의해야 해, 하며 하나씩 차근차근 배워나갔다. 그게 좋았다.

윤수는 자취를 시작했다고 말했다. 어른이 된 듯한 목소리였다. 막연하게 꿈꾸던 순간을 이룬 것 같은 듬직함이 네 목소리에서 묻어나왔다. 혼자 산다는 느낌이 궁금했다. 생계의 문제가 눈앞에 들이닥치고, 그 문제를 해결할 수 있는 힘이 아주 조금이라도 내게 있는 그 기분을 경험해보고 싶었다. 그래서 그런지 나는 자꾸 네 집에 데려가달라고 졸랐다.

윤수의 자취방은 좁고 온도가 높았다. 그곳은 왠지 모르게 공기가 좀 묵직해서 그곳에 있자면 봉투를 열어놓은 과자처럼 나도 눅눅해졌다. 윤수는 그게 어른이 된 소감이라고 말했다.

윤수가 바지런히 청소를 하고 빨래를 하고 아무렇게나 널브러진 옷가지를 개는 동안 나는 낯설게 네가 깔아둔 이불에 누워 천장 무늬를 셌다. 너는 아침에 눈을 떠서 이런 풍경을 보겠구나. 너는 이 방에서 혼자 무슨 생각을 할까. 어떤 책을 읽을까. 어떤 음악을 틀고 어떤 노래를 부르며 샤워를 할까. 그런 것들을 알아가는 게 좋았다.

윤수네 집에는 그림책이 많았다. 알 수 없는 색깔들로만 가득 찬 책도 있었다. 가보지도 못한 외국의 풍경이 그려진 책도 있었다. 너는 그런 것들을 보면 마음이 편해진다고 했다. 흐릿한 걸 뚜렷하게 그려놓으면 꼭 손에 잡힐 것 같아서 좋다고.

- 사진은요?

- 사진은 또 너무 뚜렷해.

- 왜요?

- 그냥. 나는 조금 모호한 게 더 명확해 보이더라.

윤수는 집에 먹을 게 없다면서 매번 배달 음식을 주문했다. 하루는 복날이라고 치킨을 주문했는데, 윤기가 흐르는 프라이드 치킨의 다리 두 쪽을 다 나한테 밀어놓고 너는 내가 먹는 걸 지켜보았다. 그러다 뼛조각을 삼킨 것 같던 어느 날은 문득 이런 말을 했다.

- 음식을 먹다가 가시가 목에 걸렸다 생각하는 순간은 대부분 착각이래. 가시가 스쳐간 상처가 아직 쓰려서 그걸 가시라고 착각하는 거야.

- 바보 같다.

- 근데.

윤수는 가장 사랑스러운 말을 할 때 늘상 그러듯 말을 잠시 쉬었다. 가장 좋은 단어와 어투를 고르는 것처럼 잠시 숨을 고르고, 너는 말했다.

- 이미 가시는 지나갔어.

나는 고개를 끄덕였다. 그러지 않고는 울 것 같았다.

- 네가 지난번에 물었지. 엄마가 어떤 의미냐고. 나한테 엄마는 짐이야. 평생 마음에 짊어지고 가야 하는 부담스러운 짐.

갑자기 튀어나온 말에 나는 윤수를 물끄러미 바라보기만 했다. 윤수의 얼굴에서 내가 보였다. 이러지도 저러지도 못 하는, 제 꼬랑지를 쫓는 하룻강아지 같은 모습이. 윤수는 처음 듣는 떨리는 목소리로 내게 이야기를 들려주었다.

- 어느 날 자고 일어났더니 아버지가 봉투 안에 수표 몇 장을 남기고 사라졌어. 원래 없던 것처럼 사라져서, 어쩌면 다시 돌아보면 도로 있을 것처럼 사라져서 한동안 우리는 아무것도 하지 못했어. 형은 스물다섯 살, 나는 열아홉 살, 동생은 열여섯 살이었어. 다들 어려서 생각지도 못한 타격에 허우적거렸어. 엄마는 그 와중에 일자리를 알아보느라 한동안 집에 들어오지도 않더니 어느 날 갑자기 이사를 가자며 짐을 꾸리기 시작했어. 곱게 펼쳐진 박스를 잔뜩 주워 와 육면체를 만든 다음 대강 잡히는 대로, 하지만 정갈하게 채워넣었어. 이 동네를 떠나서 멀리 이사 갈 거야, 하며 야무진 손으로 상자를 정리하는 그 뒷모습을 지켜보는데 뭐라고 말로 표현할 수 없는 기분이 들었어. 지금 생각해보면 그 순간 엄마의 그 모습에 체한 것 같아. 소화되지 못하고 어딘가에 걸려서 자꾸 신경 쓰이고 아픈 게 꼭 뭐가 걸린 것만 같아.

그런 엄마를 남겨두고 얼마 후 형이 떠나고, 나도 형을 찾겠다고 떠났어. 엄마가 동생이랑 둘이 남아서 어떻게 살아갈지는 생각하고 싶지 않았어. 어쩌면 형을 찾겠다는 내 말은 핑계였을지도 몰라. 아빠와 형이 떠난 후에 모든 기대가 나한테 쏟아지는 게 두려웠던 것 같아. 동생이 어리니까 엄마와 내가 돈을 벌어야 했고, 그러면서 나도 좋은 대학에 들어가기 위해 재수를 하고 있었으니까. 겨우 두 가지 일뿐인데 그때는 그것도 벅찼어. 나도 허우적거릴 시간이 필요했거든.

네가 서울로 올라가고 나도 이제 돌아갈 때가 됐다고 생각했어. 집에 가서 엄마랑 같이 옷가지며 책 같은 것들을 꺼내 정리하는데 문득 네 생각이 났어. 바다 한가운데서 발 디딜 곳이 없어 파득파득 날고 있는 작은 새 같은 네 모습이.

나를 부르는 것 같은 그 날갯짓이.

그래서 엄마한테 말했어. 따로 나가 살겠다고. 엄마가 고개를 홱 돌려서 나를 노려보는데, 아빠가 떠났을 때 봤던 엄마의 뒷모습이 보였어. 이 순간도 그때처럼 영원히 소화되지 못하겠구나, 하는 생각이 들어서 그냥 눈을 감았어.

도대체 너희 부자들은 뭐가 문제여서 그렇게 집에 붙어 있질 못하느냐고 엄마가 소리를 질렀어. 왜 다 나를 두고 가느냐고, 왜 누구도 나를 도와주지 않느냐고, 왜 함께 하는 데서는 행복을 느끼지 못하느냐고 소리 지르는 엄마한테 나는 아무 말도 못 했어.

네 아빠랑 똑같아. 너희는 다 똑같아.

아빠가 떠나고 아빠를 그렇게 원망했으면서, 형이 떠났을 때도 형을 그렇게 미워했으면서, 나도 엄마한테는 아빠나 형 같은 존재가 되었다는 게 믿기지 않았어. 하지만 내가 단단하다고 믿었던 작은 세계가 모조리 부서져 무너지는 느낌으로 나는 또박또박 가야 할 곳이 있다고 말했어.

엄마는 한참을 말없이 먼 곳을 응시하더니 이내 몸보신을 하러 가자며 나를 데리고 나갔어. 엄마를 따라 집을 나서서 본 하늘은 깔끔하게 정리되어 있었어. 파란 물이 쏟아질 것 같은 하늘을 올려다보면서 말도 없이 엄마는 앞서 걷고 나는 뒤따라 걸었어. 큰길까지 나가기도 전에 낡은 간이의자와 테이블이 놓인 허름한 식당이 나왔어. 간판도 제대로 없는 작은 식당이었는데, 선풍기 한 대가 탈탈거리며 돌아가고, 문을 활짝 열어놓았는데도 가게 안이 어두침침했어. 어디선가 삐거덕거리는 소리가 규칙적으로 들려오는 그 식당에 앉아서 엄마와 나는 반계탕을 한 그릇씩 주문했어.

엄마보다 열 살은 더 들어 보이는 억척스럽게 생긴 주인 아주머니가 무신경하게 늘어놓은 밑반찬들, 무언가를 팔팔 고아내는 소리와 냄새, 그런 것들에만 집중하면서 나는 엄마를 한 번도 마주 보지 않았어. 금방 나온 반계탕을 엄마는 두 그릇 다 가져가 야무진 손끝으로 살을 발라냈어.

목구멍에 뭐가 걸린 것 같을 때는 신경 쓰지 말아라.

그 말이 내 목에 걸린 것 같았어. 엄마는 깨끗하게 발라낸 뼛조각들을 통에 담아 옆으로 밀어놓고는 나를 바라보았어.

진짜로 걸린 게 아니라 상처가 난 거야.

뼈가 하나도 남지 않게 살만 발라낸 반계탕 그릇을 도로 내 앞에 밀어두고 엄마는 한참을 가만히 있었어. 내가 삼이며 대추를 숟가락으로 마구 으깨어 밥을 말아 한 그릇을 몽땅 비울 때까지 엄마는 깨작깨작 뼈만 발라내고 있었어. 그러다가 갑자기 입을 열었어.

네 아빠는, 첫사랑이라는 웬 여자를 찾아서 떠났다.

나는 대답도 못 하고 입 안 가득한 밥알과 고기와 함께 여자, 라는 단어를 뭉그러뜨렸어. 씁쓸하면서 달착지근한 대추 맛이 났던 것 같아.

나는 아빠가 술 취해 들어오는 날마다 울면서, 소리 지르면서 부르던 어떤 여자의 이름을 기억해보려고 애썼지만 아무것도 기억나지 않았어. 나에게는 아주 작은 기억으로도 남지 않은, 그런 아무것도 아닌 여자 때문에 아빠가 우리 모두를 저버렸다고 생각하니까 참을 수 없는 기분이 들었어. 내가 무얼 참고 있는지도 모르겠는데 말이야.

엄마는 아빠가 엄마에게 쏟아낸 얘기들을 푸념하듯 늘어놨어. 그 여자가 보고 싶다고 울던 아빠의 모습, 몰래 여러 번 만났다고 고백하던 말들, 그 여자가 이혼했다며 웃음도 울음도 아닌 표정을 짓던 얼굴. 내가 모르는 아빠의 초라한 뒷모습들이 엄마 입에서 술술 나왔지. 엄마가 그냥 그 여자한테 가버리라고 했다는 말을 듣고서야 알았어.

나는 처음부터 끝까지 네 생각만 하고 있었다는 걸.

자식 키워봐야 다 소용없다는 그 말이 정말 맞다는 걸.

나는 울지도 못하고 소리 지르지도 못하는, 텅 빈 얼굴을 한 가여운 엄마 앞에서 태연스럽게 밥을 먹으며 네가 보고 싶다는 생각을 하고 있었어.

그 순간 나는 혼자 외딴 섬에 떨어졌어. 그리고 그 섬엔 이따금씩 네가 놀러 와 심심하지 않았어. 네가 자주 들여다봐줘서,

나는 다 괜찮았어.

그런 너를 위해 내가 할 수 있는 거라곤 편의점에서 남은 음식을 챙겨주는 일, 일이 끝날 때까지 가만히 기다린 너를 집에 데려다주는 일, 네가 하는 얘기를 조용히 들어주는 일 밖엔 없어서 네게는 미안했지만 나는 정말로 괜찮았어. 그래서 너를 더 소중히 여기겠다고 생각했어. 지금보다 더 아껴줄게.

이불 밖으로 손을 뻗어 종이 한 장과 만년필을 끌어왔다. 이불 안에 태아처럼 웅크린 모양으로 엎드려 글씨를 썼다. 단어들을 늘어놓고 고르고 다듬으며 써내려갔다.

윤수야, 나는 오늘 부끄럽게도 모든 걸 포기하는 마음으로 살았어. 네가 나에게 새 숨결을 주어서 나는 다시 살아내고 있지만, 오늘은 그 숨결이 사라져도 좋다고 생각했어. 미안해.

세상엔 좀 답이 없는 부류의 사람들이 있어. 너무 부정적이어서 끝이 항상 소멸인 사람들. 그런 사람들에게는 생각을 많이 하면 안 된다고 가르쳐야 해. 그러지 않으면 생각하고 생각한 끝에 살아가는 의미가 없다고 결론지어 버리거든. 아무리 생각해도 나쁘게 밖에 결론 내지 못하는 그런 사람이, 바로 나야.

도대체 뭐가 중요한 걸까. 왜 영원한 건 없는 걸까. 우리는 왜, 어떻게, 언제까지 살아가야 하는 걸까. 아주 오랜 시간 쌓아온 것도 무너지고 매일매일 닦았던 것도 더러워지는 세상에서, 내 모든 게 무너져내려도 마지막까지 남는 단 하나는 뭘까. 혹시 나에게는 그게 너일까.

그게 뭔지 알 수 있다면 평생 그거 하나만 지키면서 살아가고 싶다. 그것도 내게는 벅찬 일일 텐데, 그래도 그거 하나 소중히 여기면서 살고 싶다.

혹시라도 그 하나가 너일까 봐 나는 너를 찾는 일을 멈출 수가 없어. 나는 네게서 분리되지 못해, 여전히. 하지만 너를 찾는다면 나는 어떻게 살아야 할지 어렴풋이라도 알 수 있을 것 같아. 우리, 곧 만나자.

식어 있는 난로는 봄을 말한다

현이 코르크로 막아놓은 작은 유리병을 내밀었다. 종류도 모를 티끌 같은 마른 나뭇잎이 안에 들어 있었다. 내가 갸웃거리자 현은 벽 높이 걸린 자그마한 사진을 가리켰다. 사진 속에는 손바닥만 한 꽃밭과 손바닥만 한 바다, 손바닥만 한 하늘이 삼등분으로 담겨 있었다. 바다. 오랜만에 맡는 냄새였다.

안녕바다에 발걸음을 끊은 지 무려 한 달이나 지난 무렵이었다. 현은 오랫동안 오지 않은 나에게 어떠한 동정도, 호들갑도 없이 평상시처럼 인사하며 카운터 뒤로 들어갔다. 옅은 낙엽색

모자를 걸쳐 쓴 모습이 여유로워 보인다고 생각했다.

"잘 어울릴 것 같아서요."

"아, 감사합니다."

주방 쪽에서 알람이 울렸다. 현이 잠시만, 하고 주방으로 들어갔다. 나는 카운터 앞 간이의자에 앉아 현을 기다렸다. 포근한 향을 풍기는 풍성한 연기가 새어나왔다. 그 사이로 현이 팬케이크 플래터를 들고 돌아왔다.

"잠깐 들어와요."

현이 카운터의 간이문을 열며 손짓했다. 카운터 안은 좁았지만 그 안에 필요한 집기들이 선반마다 서랍마다 빼곡히 들어 있었다. 아주 작은 스푼부터 주둥이가 긴 주전자들, 크기가 각기 다른 비커들, 용도를 알 수 없는 도구들까지 모든 게 제자리에 있는 완벽함이 아늑한 느낌을 주었다. 바깥에서만 들여다보던 공간에 들어와 거꾸로 밖을 보는 기분은 어쩐지 묘했다. 낯설고 낯익은 공간.

현은 맨 위 선반에서 커피콩이 들어 있는 종이 봉투들 가운데 하나를 꺼냈다. 조그만 핸드 그라인더에 넣어 콩을 갈았다. 뜨겁게 끓인 물을 주전자에 붓고 커피가루를 거름종이에 평평하게 올렸다. 주둥이에서 김이 나는 물줄기가 곡선을 그리며 뻗어나왔다.

물줄기가 닿으면 거품처럼 진한 커피 향이 끓어올랐다. 마음이 편해졌다. 아무 생각도 나지 않고 어깨에 힘이 빠졌다. 그 순간 정말 괜찮았다.

한 번 두 번 주전자를 기울였다 올릴 때마다 거름종이 끝에 맑은 커피방울이 맺혔다. 군더더기 없이 자연스러운 과정들. 현의 몸짓은 여유로우면서 한편으로 부지런해 보였다. 전혀 다른 두 가지 형용사가 현의 얼굴에서, 가볍게 다문 입술에서 모아졌다.

뚝,

“나는 가족이 지긋지긋해서 도망쳐 나왔어요.”

뚝뚝,

“무책임하게 많은 걸 버리고 여기에 와 있는 거예요.”

뚝뚝뚝,

뚝.

현은 그렇게 모인 커피 한 잔을 깨끗한 유리잔에 조심스레 옮겨 담았다.

“이건 제 거.”

에스프레소 머신에 꾹꾹 누른 커피가루를 넣고 버튼을 누른 뒤 냉장고에서 아침에 막 배달 온 듯한 신선한 우유를 꺼내 쇠 주전자에 부었다. 현은 우유를 히터로 끓이며 중간중간 주전자를 손으로 만졌다.

“만졌을 때 좀 뜨겁다 싶을 때까지 데우면 돼요. 너무 뜨거우면 놓치는 수가 있어요.”

흰 우유를 현의 것과 같은 잔에 붓고 머신에서 나온 뜨거운 에스프레소를 위에 부었다. 색이 확연히 다른 두 액체가 서로를 빨아들이듯 뒤엉키며 섞여갔다. 일렁이며 괴로워하는 것처럼, 어쩌면 기뻐 춤을 추는 것처럼. 현은 그 위에 녹차가루를 조금 뿌렸다.

"이건 이설 씨 라떼."

"감사합니다."

"앞으로 이설 씨가 직접 만들어 드세요."

"네?"

무슨 말을 해야 할지 몰라 그냥 되물었다. 어디를 가려는 걸까, 아니면 단골이라고 배려해주는 걸까. 현은 혼란스러운 마음을 아는지 모르는지 다정하게 웃었다. 트레이에 팬케이크와 코스터, 커피잔을 예쁘게 올리고 가장 편한 소파 자리로 갔다. 이제 추운 날이 많이 지났는지 난로에 먼지가 앉아 있었다. 가만히 식어 있는 난로는 봄을 말한다.

"다른 건 차근차근 알려드릴게요. 와서 일도 돕고 청소도 도와줘요. 그럼 제가 맛있는 걸 만들게요. 같이 밥 먹어요."

"여기서 일하라는 말씀이세요?"

"다른 아르바이트 구하기 전까지만요."

현은 씩 웃어 보이고는 메이플 시럽을 팬케이크에 부었다. 빵이 달콤하게 젖어들었다.

"왜요?"

공기가 아주 편안했다. 한 달이나 오지 않았는데도 매일 오는 곳처럼 익숙했다. 어쩌면 나는 여기가 그리웠나 보다. 그렇게 밖에 나가길 두려워했으면서 여기엔 다시 오고 싶었나 보다. 내가 가는 곳이 뻔해지고, 또 누군가와 관계를 맺고 나를 설명

해야 하는 일들에 겁먹어서 혼자 있는 집으로 도망쳐 놓고, 한편으로는 말하고 싶었나 보다.

"안녕바다에 이설 씨가 잘 어울려서요."

그래, 어쩌면 그게 내가 윤수 너를 찾는 이유인 것 같았다. 내가 그토록 모순되게 사랑했던 너에게 모든 걸 말하면 다 털어버릴 수 있을 거라고 여겼나 보다. 그래서 너를 생각할 때마다 편지를 쓰고 싶었나 보다.

나는 너를 졸업하지 않고는 아무것도 할 수 없는, 발에 시치미가 묶인 작은 새였다. 한마디 말이면 됐다. 그 말 한마디면 충분했다.

"감사합니다."

"아까 그거, 제주에서 불던 바람이에요."

나는 현이 건넨 작은 유리병을 주머니에서 꺼내 테이블에 올려놓았다.

"현실로부터 도망쳐서 처음으로 간 곳이 제주였어요. 따뜻한 봄이어서 그랬는지 바닷가인데도 바람결이 부드러웠어요. 저 멀리서는 다정해 보이는 연인이 소곤거리며 앉아 있고, 하늘색이 시시각각 변했어요. 어둠이 점점 사라지고 빛이 창궐하기 시작할 무렵에 지금 이 바람을 간직해야겠다는 생각이 들었어요. 그래서 여기에 이렇게 담았어요. 그때의 제주, 봄, 바다, 연인들의 속삭임이 다 여기에 들어 있어요."

고개를 들어 벽을 올려다보았다. 맑은 바람이 불어올 것 같은 사진이 고요하게 걸려 있었다. 여기가 동화였다면 저 안으로 들어가는 순간 새로운 세상이 시작될 것만 같아 한동안 사진에서 눈을 떼지 못했다. 그 세상엔 위험도 없고 두려움도 없으며 아픔도 증오도 그들의 덩어리 같은 분노도 없을 텐데. 꽃이 한 송이 피어날 때마다 사랑이 흘러넘치는 빛으로 가득한 곳. 그런 곳은 동화 속에나 있겠지.

"낭만적이네요."

"바다 갈래요, 다 같이?"

바다는 모양이 없다

바흐르, 라고 나를 부른 사람은 나이가 지긋한 백발의 60대 여인이었다. 로 씨는 유쾌한 사람이었다. 늘 복잡한 패턴이 들어간 화려한 옷차림에 액세서리 개수는 세기도 힘들었다. 그녀의 말을 빌리자면 눈에 보이면 다 걸고 나온다, 했다. 그녀는 웃을 때 특유의 기분 좋은 바람 소리를 냈다. 기쁨의 에너지가 동글게 모아진 입술에서 호호, 하며 터져나오는 소리였다. 덕분에 나는 잠깐 사이 그녀에게 매료되었다.

사실 현이 바다에 같이 가기로 했다며 로 씨를 데려왔을 때 나는 거의 체할 지경이었다. 60대라는 나이는 내가 한 번도 가까이 해본 적이 없기 때문이었다. 머리 전체가 반짝이는 백발인 그녀는 아줌마로 분류하기엔 지긋한 노년의 멋이 있었고, 할머니라고 정의하기엔 젊은 에너지가 넘쳤다. 나에게는 그 이외의 분류가 없었기에 적잖이 당황했고, 다행히 눈치가 빠른 그녀는 그냥 로 씨라 부르라며 통성명을 했다.

"저는 이설이에요, 김이설."

"한자로도 쓸 줄 알아요?"

로 씨는 나를 곰곰이 뜯어보다 자글자글한 주름이 가득한 손바닥을 내밀어 보였다. 주름이 졌다 뿐이지 하얗고 고운 손이었다. 나는 그 위에 차근차근 이설(異說)이라 썼다. 다를 이, 이야기 설.

"이설, 아주 좋은 이름이네요. 이름은 부르는 것보다 뜻이 중요하니까."

봄은 바다의 계절은 아니지 않나? 운전을 해서 가는 내내 로 씨와 나는 이런저런 얘기를 나눴다. 로 씨는 오랫동안 교직에 있었으며, 은퇴한 지금도 해방촌으로 이주해 온 외국인들에게 한글과 문화를 가르친다고 했다. 그렇게 말하는 예쁜 입술에 자신의 일을 사랑하는 사람의 미소가 걸려 있었다. 현과는 동 사무소에서 진행하는 문화 수업 시간에 처음 만나 인연이 이어졌다고 했다.

"젊은 사람이 아주 독특했어. 계산이 없어 보인다고 해야 하나? 그냥 사람 자체에 대한 순수한 선의와 열정이 있어 보였어."

"무슨 수업이었어요?"

"그냥 한국어 수업인데, 재밌게 하려고 동화 창작을 하자고 했지. 한국어 작문이 서툰 외국인 대상이었는데, 현 씨가 덜컥 끼어든 거야."

로 씨는 귀엽다는 듯 호호 웃고, 앞좌석에서 운전하던 현은 쑥스럽게 웃었다. 머물고 싶은 포근함이었다.

"그래서 갑자기 무슨 바다예요?"

나의 물음에 현이 여유로운 얼굴로 슬쩍 뒤를 돌아보았다.

"이유가 필요한가요, 뭐?"

*

그날의 바다는 분명한 이유가 있었다. 9월 22일, 내가 절대 잊을 수 없는 날이었다. 윤수의 생일. 네가 이 세상에 태어난 날. 그날 우리는 지하철이 종착역에 도착할 때까지 꾸벅꾸벅 졸며 바다까지 가놓고, 가서 한 거라곤 케이크의 촛불을 끈 게 전부였다. 몇 시간을 달려 도착한 그럴싸한 모래사장에 그냥 털썩 주저앉아 이런저런 이야기만 나누었다. 사실 특별한 일이라곤 없었다.

다만 나에게 처음이었을 뿐이다. 아빠나 오빠가 아닌 남자의 생일을 챙기는 일이. 굳이 즐거운 일을 찾지 않아도 하루 종일 웃을 수 있는 게. 이 사람이 태어나지 않았으면 나는 어떻게 살아가게 됐을까, 하는 걱정에 사로잡히는 게. 그 모든 게 나에게는 처음이었다.

나는 그때 최대한 어른스러운 케이크를 사겠다고, 좋아하지도 않는 생크림 케이크를 샀다. 바보 같았던 건 우리는 둘 다 초코맛을 좋아하고, 어른이라고 생크림을 좋아하는 게 아니라는 걸 내가 성인이 되고 나서야 알았다는 것이다. 그땐 스물셋밖에 되지 않은 윤수의 나이가 그만큼 멀고 크게 느껴졌다.

그런 생각들을 하며 이제 스물셋인 내가 웃었다. 그렇게 어른처럼 보였던 스물셋의 미숙함을 탄식하면서. 기억 속에서 무언가 반짝였다.

해변에서 반짝이던 수많은 거울. 거울들은 출렁이는 바다와 해가 저물어가던 하늘을, 바람에 날리는 모래를, 그 위에 우두커니 앉아 있는 우리 둘의 모습을 담아냈다. 더운 볕 아래 얇은 긴팔을 걸쳐입은 내 모습. 그 앞에 앉아 있던 거울 아저씨를 윤수는 기억할까?

해변에 넋 놓고 있던 그 아저씨는 양옆으로 정직하게 반짝이는 거울을 늘어놓고는 낡고 초라한 낚시의자에 그냥 앉아 있었다. 우리는 멀찍이 앉아 계속 아저씨를 지켜보았다. 도대체 무슨 사연이 있을까, 왜 저기서 저러고 있을까, 떠나간 누군가를 기다리고 있을까? 거울을 팔러 나온 걸지도 몰라. 그러기엔 거울들이 너무 낡았는데. 근처 가게를 홍보하러 나온 게 아닐까? 가게 이름은 어디에도 안 보이는걸? 심지어 담배도 안 피워. 진짜 모르겠다.

우리는 아무것도 아닌 걸로 몇 시간이고 떠들었다. 그런 얘기들로 채워진 시간이 아깝지도 않았다. 이것저것 구경하려는 계획을 짜 왔지만 결국 그렇게 바다만 보고 있었던 그날이 어제 일처럼 선명했다. 그때 내 옆에서 숨을 쉬던 소리까지도 생생했다. 아무런 결론도 없는 얘기를 시간 가는 줄 모르고 하다가 이내 서로를 보고 웃음을 터뜨리던 우리의 모습이 선했다.

그러고 보니 나는 바다가 무섭다면서 너와 함께 물가에 참 많이도 앉았다. 그날도 네가 멀리멀리 가자고 얘기하는데 바다에 가자고, 망설임도 없이 내가 먼저 말했다. 바다를 그렇게 무서워했으면서 나는 왜 그날도 바다에 가자고 했을까.

사실 해변 모래에 세워놓은 거울 속 나를 봤을 때, 머리끝까지 잔뜩 젖은 채로 물에 들어가 수영하는 나를 상상했다. 보기만 해도 시원한 비키니를 입고 아무 생각도 없는 젊은 연인들처럼 햇볕과 바다를 즐기는 상상. 묘했다.

대중목욕탕이나 수영장에 가지 않은 지 너무 오래되어 기억도 잘 나지 않았다. 아마 초등학교 저학년이었나. 그 이후로는 무의식 중에 가기 싫다는 생각을 했던 것 같다. 꽉 조이는 수영복이, 그렇게 몸매를 다 드러내고 거리낌 없이 활보하는 사람들의 무리가 이질감이 들었다. 그때는 잘 몰랐지만. 엄마는 그런 나를 이상하다고 생각해서 고치려고 여러 번 시도했다.

예민하게 굴지 마. 스스로 피곤하게 만드는 거야. 아주 안 좋은 버릇이야.

지겹도록 들은 말이었다. 만약 엄마가 죽는다면 나에게 엄마는 이 말로 기억될 거라는 생각이 들 만큼. 엄마는 정말이지 나에 대해 아무것도 몰랐다. 단 하나도.

지금 바다, 하고 발음하면 가장 처음 생각나는 건 두려움은 아니었다. 윤수의 눈동자. 깊고 아득하던 네 눈동자. 나를 담은 채로 일렁이는 바다를 닮은 눈동자가 가장 먼저 떠올랐다. 그 물결엔 온갖 두려운 것이 부유하고 있었지만, 너는 개의치 않았다. 그래서인지 나도 괜찮을 것 같았다. 그 물결에 휩쓸려도 좋을 것만 같았다.

네 손을 잡고 함께 그 바다 속으로 풍덩 뛰어들고 싶다고, 뜬금없는 말을 꺼내는 나에게 너는 다정하게만 말했다.

- 너는 다 괜찮을 거야.

너의 눈동자 속에서는 점점 구름이 걷히고 비가 멎었다. 파도가 잔잔해졌다. 그리고 그 물속에서 돌고래가 튀어올랐다. 자세히 보니 그건 나였다. 분명히 나였던 것 같다.

그래, 사실 나는 윤수를 처음 만났을 때 이미 물 위로 올라올 준비가 된 거였다. 나는 몰랐는데 너는 알고 있었다. 윤수는 내 손을 잡았다.

나도 그 손을 언제까지고 잡은 채로 있고 싶었다. 그 순간이라면 정말 깊은 곳까지 헤엄칠 수 있을 것 같았다. 바다쯤은 이제 아무것도 아니라고 네 귀에 속삭이고, 또 속삭여주는 네 목소리를 더 가까이서 듣고 싶었다. 그래서 나는 윤수의 손을 답싹 잡은 채로 앉아 있었다.

나는 비로소 너를 만나 점점 다른 사람이 되어가고 있음을 받아들였다. 너는 원래 그런 사람이었다. 순식간에 비춰냈다.

나를 있는 그대로 나에게 보여주었다. 내가 나를 볼 수 없을 때, 나는 너를 보았다. 그럼 그 안에 내가 있었다. 그래서 나는 너를 그토록 깊게 들여다보았지도 모른다.

*

그때부터 나는 바다를 받아들일 준비가 되어 있었던 걸까. 차에서 내려 로 씨와 함께 들이마신 공기에서 익숙한, 따뜻한 맛이 났다. 짭짤하게.

문득 돌아본 바다가 윤수를 닮은 누군가처럼 보였다. 징그럽게 꿈틀거리는 물 덩어리가 아니라 살아 숨 쉬는 어떤 것처럼. 윤수야, 부르면 대답할 것처럼. 바다가 윤기 삼촌 같다던 그의 말이 이제는 나를 비추고 있었다. 그때 해변에 있던 수많은 거울처럼. 거울 아저씨도 그런 사람을 기다리고 있던 걸까. 자신을 가감 없이 비춰줄 사람을.

나는 나 자신보다도 나를 닮은 너의 말들을 다 기억하고 있었다.

한다, 안 한다

속초엔 사람이 적었다. 여름 한철 장사를 하는 관광지라 그런지 관광객이 없는 속초의 해변은 바람 빠진 풍선처럼 쭈글쭈글했다. 로 씨는 그런대로 좋다며 폴짝폴짝 해변으로 들어섰다.

현은 어디선가 빌려 온 샛노란 파라솔을 해변에 꽂고 색색의 실이 얽힌 비치 타월을 깔았다. 그 위로 로 씨가 피크닉 바구니에 잔뜩 싸 온 과일과 치즈, 와인을 늘어놓았다. 내가 아무 준비 없이 따라온 걸 민망해하자 로 씨는 그냥 색이 예뻐서 가져

왔어, 라고 했다.

우리는 각자 선글라스를 끼고, 이어폰을 꽂고, 책을 펼치고 앉아 있었다. 함께 있는 분위기와 간간이 오가는 대화가 균형이 좋았다. 타인과 이루는 조화와 평화는 정말 오랜만이었다. 누군가 그 분위기를 흠뻑 적시려 음악을 틀었다.

you give me something. 언젠가 계속 반복해서 들은 노래였다. 내가 두려워하는 무언가.

"동화를 쓰고 싶다고 했죠?"

"네."

"왜요?"

"그냥 마음이 편해요. 그게."

현은 선글라스 너머에서 무언가를 보고 있는 듯했다. 나는 볼 수 없어도 그에게는 보이는 곳. 현을 처음 봤을 때부터 그의 여유가 부러웠다. 나도 열 살 정도 더 나이를 먹어 현과 비슷한 나이가 되면 저런 평화를 얻게 될까.

"부러워요."

"아니요, 사실 그냥 막연해요."

현이 선글라스를 벗고 와인잔을 꺼내 헝겊으로 깨끗이 닦았다. 뽀득뽀득 닦은 와인잔에 붉은 와인이 담겼다. 우리는 제 몫의 잔을 들고 허공에 건배했다.

"동화를 써본 적도 없고 구체적으로 쓰고 싶은 게 있는 것도 아니에요. 확신에 가득 차 보이는 건 환상일 뿐이에요."

"그런데도 그 일에 집중하고 있잖아요. 아주 좋아 보여요. 편해 보이고."

로 씨가 읽던 책을 덮고 호호 웃었다.

"이설 양, 세상에 편한 사람은 없어. 다 저마다의 페달을 굴리고 있지. 헛발질이라도."

"그렇겠죠."

이들은 얼마나 많은 혼돈과 싸워 이겨 지금의 평화에 이르렀을까. 이 세상 모든 사람이 다들 각자의 싸움을 하고 있다는 게 낯설게 느껴졌다. 정말 모두가 불확신 속에서도 평화로운 얼굴을 하고 살아가는 걸까.

"너무 막연해요."

나는 내가 가장 두려워하는 심해 한가운데 있었다. 눈을 떴는지 감았는지도 분간할 수 없는 깊은 어둠 속이었다. 그 가운데서 번뜩이며 거북이 계속 나를 쳐다보았다. 오랜 세월 나를 노려온 눈으로 따라왔다. 그게 두려워서 자꾸만 도망치려 했는데, 나는 어디가 왔던 길인지 어딜 향해 가고 있었는지도 찾지 못했다. 태양빛이 한 줄기도 들지 않는 까만 밑바닥에서 그저 웅크리고 있었다. 해류가 나를 흔들면 그대로 흔들리고, 두려울 땐 그냥 숨을 참았다.

뭍으로 나가지 않는 이상 벗어날 수 없는데.

"지난날들은 하나도 청산하지 못했고 앞으로의 일도 자신이 없어요."

"내가 동화를 쓰려는 가장 큰 이유가 바로 그거예요."

현이 내 말을 가로채듯 이어 말했다.

"막연해서, 내 존재가 너무 흐릿하고 막연해서 뭐라도 남기고 싶다는 생각으로 쓰려는 거예요."

그렇게 말하는 현의 옆모습은 오히려 또렷해 보였다. 그래서 나는 그에게 다리 하나를 걸쳐 무임승차하고 싶었다. 당신이 나아가는 길에 나를 좀 태워다달라고. 그러면 나도 나에게 조금은 확신할 수 있을 것 같았다.

"그럼 같이 써요."

로 씨가 방긋 웃으며 말했다.

"같이."

굼은 고개를 끄덕였다.

'우리,

손을 맞잡으니까 더 이상 올라가지 않아.'

그 말이 끝나자마자 그들은 다시 떠오르기 시작했다.

그 옆으로 이름 없는 별이,

처음 보는 물고기가,

한 짝씩 버려진 양말과 장갑이,

맘모스와 커다란 코뿔소,

카세트테이프와 낡은 영사기가 지나갔다.

모든 게 다시 뒤집어진 건 기숙학원에 갔던 오빠가 대학에 붙어 돌아온 후였다. 나는 어떻게 1년이 내내 좋은 적이 한 번도 없는 것 같았다. 나아질 만하면 다시 나빠졌다. 하지만 가족들은 충분하다고 했다. 충분히 쉬었다고, 이제 괜찮을 거라고. 나는 여전히 바다를 두려워하고, 사람이 많은 곳을 싫어하고, 대중교통을 꺼렸으며, 수영장이나 대중목욕탕에 가기는커녕 반팔도 잘 입지 않았다.

엄마는 들떴다. 다시 모든 게 원래대로 돌아왔다고 기뻐했다. 장남은 대학에 자랑스럽게 합격하고, 딸은 마음요양인지 하는 데서 벗어나 멀쩡하게 고3이 되었다. 다시 다 함께 한집에서 살게 됐다는 데 감격했다. 한동안 매일매일 저녁을 같이 먹었다.

나의 생태계는 무너졌다. 작은 부분부터 균형을 잃더니 어느 순간 와르르 지반이 부서져내렸다. 그 밑엔 시커먼 바닷물이 일렁였다. 물 위에 비친 내 모습이 마치 그 속에 빠져 허우적대는 것 같았다.

숨이 막혔다.

왜 나를 잊었어? 이제는 네가 바스라질 차례야.

나는 빨갛게 까진 마음을 껴안고 윤수를 찾아갔다. 윤수는 왜 표정이 안 좋으냐 묻는 대신 자취방이 오늘은 조금 지저분할 수도 있다고 했다. 어질러져 있고 퀴퀴한 냄새가 날지도 모른다고 했다.

고개를 끄덕였다. 너를 알고 싶었다. 너와 더 깊숙하게 연관

되고 엮이고 싶었다. 윤수라는 사람의 가장 사적인 곳에 포함되고 싶었다.

윤수는 잠시 망설였다.

- 가면 안 돼요?

- 아니야. 근데 이설아.

- 응.

- 원래 그렇게 함부로 남자 자취방에 가면 안 돼.

- 응.

- 정말로.

- 알겠어요.

네가 말하는 뉘앙스가 낯설었다. 무슨 의미로 하는 말인지 알았다. 나도 다 알면서 가겠다고 하는 말이었다.

윤수가 일이 끝날 때까지 잠시 직원 휴게실에 들어가 기다렸다. 낡은 모니터 속 CCTV 화면이 4분할되어 플레이되고 있었다. 그 네모 화면 안에서 이리저리 바삐 움직이는 윤수를 지켜보았다. 어딘가 서두르는 기색으로 너는 대충 정리를 끝내더니 다음 교대자에게 전화를 거는 듯 편의점 밖으로 나갔다. 나는 CCTV 창을 내리고 인터넷을 켰다.

자취방이라는 단어를 검색하자 이런저런 질문 글들이 떴다. 그중 아무 글이나 클릭했다. 남자친구 자취방에 처음 놀러 간다, 어떻게 해야 하느냐는 질문이었다.

남자친구, 하고 발음하는 내 입술이 생소했다.

윤수와 나는 어떤 사이일까, 하는 의문이 착잡했다. 우리는 한 번도 애인이니 여자친구니 하는 말들을 사용해본 적이 없었다. 그렇게 하자고 말해본 적도 없었다. 그러니까 우리 사이에는 뭔가 확실한 것이 하나도 없었다. 갑자기 괘씸하다는 생각이 들었다. 그토록 많은 순간과 느낌을 나눠놓고도 나는 그깟 형식적인 말로 너를 가두고 싶어 했다.

윤수의 방은 평상시랑 똑같았다. 오히려 더 깔끔하게 정돈되어 보였다. 그런데도 어쩐지 너는 계속 서성거렸다. 부산스럽게 집을 정리했다. 더 이상 할 일이 없자 너는 개어놓은 이불을 소파 삼아 그 위에 앉았다. 나는 네 옆에 앉았다. 네가 한 뼘 옆으로 비켰다. TV를 켜서 보는 듯하다 채널을 돌려버리고, 자꾸만 음량을 키웠다 줄였다 했다.

- 그냥 끄자.

내 말에 신호가 급하게 끊어지는 날카로운 소리를 끝으로 다시 고요가 찾아왔다. 나는 네 팔꿈치를 슬쩍 잡았다. 말랑말랑하게 늘어났다. 너는 네 팔꿈치를 잡은 내 손을 잡았다. 그 위에 또 내 손을 겹쳤다. 너는 나를 빤히 보고, 그러다가 갑자기 손을 빼고 다시 TV 쪽을 봤다.

- 있잖아, 나를 사랑해요?

세상이 일그러지는 느낌이었다. 녹아내리고 부드럽게 뭉개지고 뒤섞이는 기분. 폭신하게 뭉쳐졌다가 흩어지고는 다시 녹아내리면서 뭔가 알 수 없는 형태를 만들어갔다. 윤수는 한참을 대답이 없었다. 나는 고체도 액체도 아닌 게 되어버린 세상 탓에 손끝이 저릿해 다시 네 팔꿈치를 꼬집었다.

- 이설아.

윤수가 거의 아무것도 없는 듯한 표정으로 나를 마주 봐서 나는 교복 셔츠의 단추를 하나 풀었다. 너는 화들짝 놀라 내 손을 움켜잡았다. 전에는 한 번도 그렇게 세게 잡은 적이 없었는데, 손에 힘이 꽉 들어가 있었다.

- 세상을 사랑하는 것과 사랑하지 않는 것, 둘로 나누었을 때.

- …….

- 나는 어느 쪽이에요?

- 세상은 그렇게 나눌 수 없어.

나는 그런 네가 괘씸해서 나를 부러뜨릴 듯 움켜쥔 네 손을 뿌리치고 다시 단추를 풀었다. 내 손이 아픈 사람처럼 떨렸다. 안에서 구역질하듯 넘어온 뜨거운 공기가 목젖을 때렸다. 나는 수만 가지 이유로 두려워하고 있었다.

- 사람은 누구나 사랑을 하거나 사랑하지 않잖아요. 그러니까 그 둘로 나누어봐요.

- 그건 너무 비약이야.

이번엔 달래듯 내 팔목을 잡고 끌어당겼다. 그러지 마, 하고 말하는 눈이었다.

- 그렇다면 너무 쉽게 누군가와 사랑에 빠지지 않을까?

너는 조심스럽게 말했다.

- 그러는 윤수는 너무 드물게 사랑에 빠지는 것 같아.

- 이설아.

- 잘 생각해봐요. 사랑은 어차피 어떤 실체가 아닌데, 그러니

까 누군가를 사랑하지 않는다, 하고 말할 때 조금의 망설임이나 이물감이 있다면 그건 사랑할 수도 있다는 가능성이지 않을까. 그럼 그것 또한 사랑 아닐까. 100만큼 사랑해야 사랑이다, 라는 기준은 없잖아.

나는 거의 울음을 토해내듯 대답했고 윤수는 그런 내 허리를 끌어당겨 나를 폭 안았다. 네 품은 그 방보다 넓고 포근했다. 찬바람이 하나도 새어들지 않는 품이었다. 너는 조심스럽게 손가락 하나하나로 내 머리를 쓰다듬었다.

- 사랑하거나 사랑하지 않는다는 단 두 개의 선택지로 세상을 나눌 수 있다면 나는 더 솔직해지고 그만큼 용감해지고 더 많이 사랑할 수 있을지도 모르겠네.

약간 웃음기가 섞인 목소리였다. 나는 거의 울고 있는데 너는 웃었다. 너의 목소리에 따라 네 가슴이 둥둥 울리는 걸 느끼면서 나는 가만히 웅크리고 있었다.

- 너도 알 거라고 생각해.

너는 잠시 숨을 몰아쉬었다.

- 네가 아무리 어른스럽다고 해도 아직 너는 보호받아야 하는 나이야. 나는 너를 보호해야 하는 사람이고.

너는 자꾸만 내 머리를 쓰다듬었다. 그럴수록 나는 뜨거운 물속으로 점점 가라앉는 듯 네 목소리가 질펀하게 멀어져갔다. 숨을 쉬지 않아도 되는 깊은 곳에도 멀리서 오는 네 목소리가 울렸다. 너는 그 말들을 담담하게, 수천수만 번 정리해본 것처럼 말했다.

- 아버지가 우리 가족을 버리고 떠났다고, 전에 말했지. 그 전에도 우리 집은 별로 화목하지 않았지만, 그런대로 정상의 범주 안에 있다고 위안했거든. 근데 아버지가 사라지고 나니까 모든 게 다 짚으로 지어진 형색이라는 게 보이더라. 이미 우리는 가족이라기에 애매한 사이였을지도 몰라. 그냥 아닌 척 시치미 떼고 있었던 거지. 어머니 말로는 아버지가 웬 여자를 사랑해서 집을 나갔대. 근데 그런 건 아무래도 좋아. 그 여자를 사랑한 만큼 우리를, 나를 사랑하지 않았다는 걸 알아버렸거든. 수많은 핑계가 있어서 함께 살았지만 그건 다 핑계일 뿐이라고, 수많은 핑계로 떠났대도 그건 그냥 핑계일 뿐인 거라고. 그 사실을 알아버리고 인정해버리면 홀가분할 줄 알았는데, 이상하게 나는 외로워졌어. 어쩌면 끝까지 부정하고 질기게 매달리면서 붙잡아야 했나, 후회해. 내가 포기한 게 가족이 아니라 나 자신인 것 같아서. 앞으로 너무 쉽게 너무 많은 걸 포기할까 봐.

윤수는 앞도 뒤도 없는 말들을 불규칙하게 늘어놓았다.

- 그래서 나에게는 네가 필요하다, 이설아. 너는 나를 이기적이라고 생각하겠지만 그래. 그러니까 더 아깝게 만나자. 오래오래 같이 있자. 진심이 아닌 건 하나도 없게 하자.

윤수는 마지막에 미안하다 말했고, 나는 조용히 단추를 잠갔다. 이유도 모르게 눈물 같은 게 흐르고 있었다. 나도 그날 네게 해야 할 말이 있었다.

'그 일'에 대해 말하고 싶었다. 나를 가장 슬프게 하고, 망설이게 하며, 가족을 증오하게 만들고, 너에게 사랑을 확인받기 위해 옷을 벗으려 하고, 네 사정을 알면서도 불안해하는 그 모든 것의 시작인 일에 대해 말해야만 했다.

- 그럼 이렇게 계속 반말을 써도 된다고 해줘.

- 그럴게.

나는 결국 아무 말도 하지 못했고, 그래서 도망쳐야만 했다. 내 길고 긴 도망은 거기서부터가 시작인 것 같았다. 너에게 솔직히 털어놓을 수 없는 것이 생긴 그 점부터.

*

해가 다 저물어가는 바닷가에 나와 현 그리고 로 씨가 애매한 간격을 두고 앉아 있었다. 내가 윤수 생각에 빠져 있듯 현과 로 씨도 잊을 수 없는 어떤 것을 되감기해보고 있겠지.

함께 동화를 써보자는 말에 이어 로 씨는 지금 당장, 이라고 덧붙였다. 어벙벙해하는 나에게 로 씨는 자신의 노트를 북북 찢어 주며 자신에 대해 써보라고 했다. 자기를 잘 알아야 남 얘기도 쓴다며 다짜고짜 써보라고 등을 떠밀었다.

바다는 울고 있는 것 같았다. 여럿이 함께 보기에는 너무 까만 밤이었다. 어디에도 밝음의 흔적이 없어 로 씨의 담요를 어깨에 둘렀다. 방파제가 얼기설기 쌓여 있는 산책로가 멀리까지 뻗어 있었다. 그 끝에 작고 하얀 등대가, 홀로 어떤 상징물처럼 서 있었다. 산책로를 기준으로 양쪽 해변이 초승달 모양으로 휘어져 있었다. 마치 등대의 날개 같았다. 백사장 여기저기에 해수욕장 팻말이 꽂혀 있었다. 그러고 보니 이렇게 좁은 해수욕장은 처음 본다고 생각했다.

시선을 돌려 바닷물이 있는 방향을 바라보았다. 그곳은 고요가 별처럼 떠 있는 파도의 우주였다. 그 끝에, 땅의 마지막 조각에 서서 나는 우주를 마주 보았다. 나의 발이 붙어 있는 그 좁은 땅이 마치 이 행성의 끝인 것 같았다. 옛날에 지구가 네모나다고, 그 끝엔 벼랑이 있다고 믿던 시절에 사람들이 생각했을 지구의 끝. 바로 그곳에 덩그러니 내가 서 있었다. 우주를 마주 보며 꿋꿋이 서 있었지만, 아득히 들리는 파도 소리에 맞춰 내 어깨가 들썩였다.

우주는 경이로웠다. 처음으로 이 세계의 맨얼굴과 마주하는 순간이었다. 어린왕자가 작은 행성에 서서 우주를 향해 이야기하는 그 장면 속에 함께 섰다. 존재와 존재의 소통. 장애물이 하나도 없는 존재 간의 대화에서, 나는 내가 어디 있느냐고 물었다. 별은 반짝였다. 우주는 광활한 어둠으로 감싸안았다.

'안겨 있다.'

테두리에서 파도가 치는 그 우주 안은 태풍의 눈처럼 평안했다. 그곳에서야 온전히 내가 존재함을 느꼈다. 이 우주가 견고하게 존재를 지켜줄 거라는 확신이 들었다. 이 지점을 영원히 잊을 수 없다고 생각했다. 웃을 수도 울 수도 없는 그 지점을.

억겁의 시간이 지난 듯 모든 게 변했는데, 현실은 그냥 까만 밤, 하얀 등대 그리고 초승달 모양의 해변이었다.

내가 가장 먼저 쓰고 싶은 말은 사랑받는 사람, 이었다.

만약 그때 나의 얘기처럼 세상을 둘로 나눌 수 있다면 나에게 너는 사랑하는 쪽일까 아닐까. 너를 그렇게 단호하게 둘 중 하나로 나눌 수 있을까.

그럴 수 없다. 그렇다면 너는 사랑도 아니고 사랑이 아닌 것도 아닌, 어디에 있는 걸까. 혹시 너는 내 세상에서는 그냥 존재하지도 않는 게 아닐까. 사랑으로 이분하는 세상에서 그럴 수 없다면 존재하지 않는 거라고 말해버리면 안 되는 걸까. 용량을 초과하는 질문들에 나는 갑자기 외로워졌고 답을 내어줄 누군가가 필요해졌다.

그래서 나도 정말 나에 대해 써봐야겠다고 생각했다. 스스로라도 정답을 내려보겠다고.

계곡이 굽이치면 바다는 품을 열고

내가 주인공인 책이라면 아마 이렇게 시작하겠지.

이설이는 불편함이 많은 아이이다. 예민하고 곤두서 있고 스스로도 이기지 못하는 감정 기복 탓에 주변 사람을 피곤하게 한다. 사랑받는 사람이 되고 싶었는데 이설은 스스로 그러지 못했다. 그래서 자꾸 도망쳤다. 이설도 그게 싫었다.

이설에게는 윤수가 있었다.

계속 목적지도 없이 도망만 치는 이설이 벗어날 수 없을 거라는 생각이 드는 때, 눈앞에 윤수가 서 있었다. 원래 그곳이 제 자리인 양 언제까지고 기다릴 생각이었다는 얼굴로 서 있었다.

윤수는 이설이 어디로 뛰쳐나가든 그 끝에 서서 기다리는, 그런 사람이었다. 어디로 가겠다 말하지 않아도 그 종착역을 알고 있는 사람. 누군가에게 윤수는 그런 사람이다, 설명하면 다들 그런 사람이 어딨냐, 거짓말 마라, 할 법한 그런 사람이었다. 그런 인연으로 묶여 있는 열아홉의 이설과 스물넷의 윤수는 언제부터 그런 사이였는지 누가 물어봐도 대답할 수 없었지만, 둘은 한 치의 의심도 없이 확신하는 그런 사이였다. 바다와 섬처럼 아주아주 오래전부터 함께여서 그냥 그렇구나, 하고 마는 사이.

내 글자들이 꿈틀거리는 종이를 가만히 내려다보았다. 글자가 아무 뜻도 없는 기묘한 선의 향연으로 보였다. 윤수는 태어나서 처음 들었던 옛 노래처럼, 오래전 한껏 들이마신 새로운 숨의 내음처럼 언제까지고 내 안에서 복기되었다. 빈 공간이 생기면 그 틈을 비집고 두둥실 떠올랐다.

그때 나는 무엇으로부터 도망쳤던 걸까. 무엇이 나를 좇아온 걸까. 그런 생각들을 하는데 문득 눈앞에 펼쳐진 바다가 반짝거리며 부서졌다. 그 위로 윤수의 얼굴이 둥근 달처럼 떠올랐다. 꽃잎에 흐르는 말간 물 같은 얼굴이.

- 누가 봐도 부러워할 만한 예쁜 가정을 이루는 게 내 꿈이야. 아들 하나 딸 하나 낳아서 알콩달콩 웃음 가실 일 없는 그런 가정을 꾸리는 거. 그 미래를 너랑 함께 하고 싶어.

윤수의 입매가 둥글게 휘어졌다.

*

그 강사는 열의가 대단한 사람이었다. 학생들을 향한 일종의 사명감 같은 게 있는 것 같았다. 얼굴도 이름도 떠오르지 않지만 팽팽하게 핏대가 선 목이 기억에 남았다. 주먹을 불끈 쥐고 웅변하듯 설명하는 강사에게 아이들은 고개를 돌리고 있었다. 귀에 슬쩍 이어폰을 끼거나 문제집을 꺼내 펴기도 했다. 아무도 그녀의 목소리에 관심을 갖지 않았다. 이제 막 고3이 된 수험생에게 성교육이란 그 정도였다. 빡빡한 수업 스케줄 사이 잠시 쉬는 시간 혹은 하고 싶은 걸 할 수 있는 시간. 대부분 문제 하나 더 푸는 데 집중했다.

- 현실을 봐야 합니다.

어린 강사의 눈이 반짝, 빛났다.

- 우리는 현실을 알아야 합니다. 성이 얼마나 왜곡되어 있는지, 성교육이 얼마나 껍데기만 있는지, 무엇을 알고, 무엇을 피해야 하는지 글자가 아니라 피부로 느껴야 합니다.

그 순간 내 본능이 직감적으로 느낀 건 공포였다. 여기서 도망쳐야 한다는 본능적인 생존 욕구의 외침. 다리가 떨렸다. 시끄럽게 책상에 부딪히는데도 다리엔 감각이 없었다. 호흡이 가빠졌다. 온몸의 장기가 서로를 옥죄고 짓누르는 느낌을 고스란히 느끼며 정신을 차리려 애썼다. 전에도 이런 적이 꼭 한번은 있었다고, 내가 가장 기억하기 싫은 그날이 꼭 이랬다고. 뭔가 잘못되어가고 있었다. 내가 감당할 수 없을 만큼 끔찍한 재앙. 내가 외면하려 했던 모든 것이 나를 집어삼키려고 눈을 번뜩였다. 꿈에서 보던 거북의 새빨간 눈이었다. 새빨갛게 충혈된, 나를 비웃듯 지켜보는 눈.

짙은 바다의 어둠으로 나를 꾸역꾸역 밀어넣던 손. 목을 조르고 눈을 감지 못하게 막았던 차가운 물의 온도. 그래, 분명 전에도 이런 적이 있었다.

강사가 책상 위로 남성과 여성의 성기 모형을 올려놓았다. 스크린에는 자극적인 제목의 성교육 동영상이 플레이되기 직전이었다. 가히 파격적인 그녀의 교육 방식에 학생들이 하나둘 고개를 들었다. 성상품화가 야기하는 왜곡된 성가치관에 경각심을 가져야 한다는, 거창한 말을 하며 동영상을 설명했다.

그 와중에 나는 눈도 깜빡하지 못한 채 부러질 듯 이를 악물고 있었다. 기도에 끈적한 무언가가 가득한 것처럼 숨쉬기가 어려웠다. 그렇다고 조금이라도 크게 움직이면 위장이 다 뒤집어질 것 같았다.

강간, 집단 윤간, 근친상간 같은 단어들이 귀에 박혔다. 토할 것 같다는 생각에 온몸에 닭살이 돋았다. 벌거벗긴 닭처럼 닭살이 돋았을 내 알몸을 상상하니 토 비린내가 목구멍 끝까지 차오르는 듯했다. 결국 수업이 끝날 때까지 견디지 못하고 학교를 뛰쳐나왔다.

거북의 눈이 나를 쫓아왔다.

왜 나를 잊었어? 이제는 네가 바스라질 차례야.

빈틈없이 옥죄어왔다. 숨이 너무 가빠서 내가 제대로 숨을 쉬고 있는지조차 확실하지 않았다. 그냥, 살아남고 싶었다. 잊고 있다가 갑자기 튀어나온 끔찍한 현실로부터.

그때 편의점 앞에 서 있는 윤수가 보였다. 말간 얼굴. 내가 아무리 도망쳐도 그 끝에 서 있을 것 같은 얼굴. 그제야 나는 내가 무엇으로부터 도망쳐 어디로 향하는지 어렴풋이 알 것 같았다.

나는 너를 잃는 것도, 너와 함께 있는 것도 두려웠다.

은밀하게 나를 난도질하던 손이 내 발목을 움켜쥐었다. 뿌리치듯 나는 달리고, 윤수는 나를 따라오지 않았다. 손가락이 날카롭게 나를 파고들었다.

이대로 윤수와 만나지 않으면 나는 괜찮아질까. 모르겠다. 나는 아무것도 몰랐다. 그런 생각들의 까마득함에 길을 잃고 두려움을 피해 또 달아났다. 정말 어딘지 모르는 길에 다다랐을 때서야 두리번거리기 시작했는데, 무서운 마음을 느끼기도 전에 뒤에서 손을 잡아준 건 어김없이 윤수였다. 그럼에도 우리의 이별은 시작됐다. 어김없이.

- 이제 나를 그만 쫓아왔으면 해. 내가 그만 도망치도록.

윤수는 대답하지 않았다. 그게 우리의 두 번째 이별이었다.

명쾌한 끝. 말 잇기

"짠."

허공에서 맥주병 주둥이가 기분 좋은 파열음을 내며 부딪쳤다. 현과 로 씨는 꿀꺽꿀꺽 맥주를 들이켰다. 함께 바다에 다녀온 뒤로 우리는 어릴 적 단짝친구처럼 늘 함께 있었다. 나는 음료 만드는 법을 배워 현의 카페 일을 도왔고, 현은 하루 종일 주방에서 달그락거리다 배가 고플 참이면 따끈한 음식들을 들고 나와 같이 밥을 먹자고 했다. 우리는 외롭다고 느낄 틈도 없이 해방촌 이곳저곳을 쏘다녔다. 하루는 로 씨가 추천하는 고급

레스토랑을, 또 하루는 현이 가보고 싶다는 아기자기한 카페를, 작은 공원을, 온갖 걸 만드는 공방을 찾았다.

둘은 호기심이 많았다. 이곳저곳을 기웃거리며 돌아다니는 걸 따라가다 보면 은근히 가슴이 두근거렸다. 그들은 어린아이처럼 작은 것에도 놀랐다. 풀 한 포기 꽃 한 송이까지 궁금해했다. 공방에서는 예쁜 물건들을 만지작거리고 선뜻 지갑을 열기도 했다. 나는 그걸 기쁘게 지켜보았다.

그렇게 뭔가를 잔뜩 구경하고 한가득 주머니를 채워 돌아온 밤이면 로 씨가 이미 문을 닫은 안녕바다에 다시 가자고 제안했다. 그러면 우리는 각자 종이며 노트북, 공책 같은 걸 펴놓고 이것저것을 했다. 돈을 쓴 날엔 그만큼 생산적인 일을 조금은 해야 된다는 로 씨의 지론 탓이었다. 덕분에 나는 그 시간에 안녕바다 선반에 놓인 책을 읽기도 하고, 이면지에 끄적끄적 낙서를 하기도 했다. 그림을 그리려고 했는데 마음이 어지러워 차분히 앉아 선을 긋지 못했다. 그렇게 아무것도 하지 않아도 해맑을 수 있었던 건 윤수와 K 선생님의 그림자 덕분이었다.

함께 지내면 지낼수록 현에게서 윤수를, 로 씨에게서는 K 선생님을 보았다. 눈, 코, 입을 뜯어봐도 스타일이나 성격까지 닮은 구석 하나 없는데 그랬다. 로 씨에게 저를 많이 도와준 누군가와 꼭 닮았다고, 로 씨도 저에게 도움을 주시네요, 하고 말한 날이 있었다. 저는 누구의 도움 없이는 혼자 나아지지 못하는 사람인가 봐요. 농담처럼 말하려고 했던 목소리가 떨렸다.

사람이 원래 그래요. 다 똑같아서 서로한테 위로받는 거지.

다 똑같은데 다 다르고 그래요. 결국 다 사람이라는 게.

그런 나날들 중에 오늘은 시원하게 맥주 한잔 하자는 현을 따라 해방촌 꼭대기까지 올랐다. 알전구가 알록달록 빛나는 루프탑 바는 피크닉 분위기를 내려는 듯 인공 잔디가 깔려 있었다. 색색의 화분과 체크무늬 손수건이 돗자리 대신 곳곳에 펼쳐져 있었다. 공기가 투명했다. 중력에서 조금은 더 멀리 벗어난 듯 숨 쉬는 게 말끔했다.

"요즘 대학생들은 술 마실 때 무슨 게임 해?"

로 씨가 새내기 여학생처럼 눈을 반짝였다. 나는 머뭇거렸다. 그러고 보니 대학에 가서 즐겁게 술 마신 기억이 몇 번 없는 것 같았다. 마지막으로 술을 마셔본 그날은 내가 휴학을 해야겠다고 결심한 날이고, 엄마가 죽은 날이었다.

그날이 끔찍하게도 생생했다. 방문을 닫고 들어가는 나를 쫓아들어와 오늘은 학교에서 무얼 했느냐고 묻던 엄마. 대답하기 싫어 나는 발끈 열을 냈고, 아리게 날이 선 말들이 아물지도 않은 구멍들을 찔러 고름이 질질 났다. 더럽고, 지저분하게, 아프게.

- 대체 언제까지 이럴 건데. 이제 그만 할 때도 됐잖아. 네가 사춘기 애도 아니고. 나도 너한테 할 만큼 했어.

할 만큼, 이라니. 나는 괜찮다고 한 적이 없는데, 누구의 허락으로 엄마는 할 만큼을 끝낸 걸까. 일그러진 엄마의 얼굴은 말로 할 수 없는 감정들이 얼룩져 있었다. 나와 똑같은 얼굴, 나는 그걸 억울함으로 읽었다. 그걸 참을 수 없었다. 왜 엄마는 나랑 똑같은 얼굴을 하는지, 무슨 자격으로 그런 표정을 지을 수 있는 건지. 지금 가장 억울한 건 난데, 신이 있다면 입에 담아본 적도 없는 모욕들로 억울함을 토로해야 하는 건 엄마가 아니라 난데.

- 내가 너한테 이런 것도 못 물어봐? 엄마잖아.

언젠가 들은 말이 떠올랐다. 신에게 최고의 모독은 신을 원망하는 것도, 신을 거역하는 것도 아니라고. 신과의 관계 자체를 부정하는 것만이 신을 아프게 할 수 있는 말이었다. 당신은 나의 신이 아니라고 말하는 순간, 신이 구축한 모든 세계는 무너져내린다. 나는 엄마를 똑바로 마주 보았다.

- 엄마.

잔뜩 이골 난 얼굴이 나를 쏘아보았다. 나는 활시위를 당겼다. 내가 할 수 있는 한 힘껏, 팽팽한 활시위를 상상했다. 이 정도로 힘을 준 건 단순히 겁을 주기 위함이 아니었다.

- 나는 잠을 깊이 잔 게 언젠지 기억도 안 나. 매일 밤 하루도 빠짐없이 끔찍한 꿈들을 꿔. 쫓기고, 도망치고, 난도질 당하고, 울고, 소리 지르고, 애써도 벗어날 수 없는 그런 꿈들을.

엄마는 대답하지 않았다. 핏대가 선 목에 정맥이 파득파득 뛰었다. 나는 꿀꺽 침을 삼켰다. 최대한 신중하게 그곳을 노렸다.

- 오늘 밤 꿈에서는 엄마가 죽었으면 좋겠다.

엄마의 얼굴이 일순 멍해졌다. 흔들리는 눈동자는 초점이 없었다. 엄마의 뇌가 상식으로 처리할 수 없는 차원의 단어들이라고 느꼈는지 작동을 멈춘 듯한 얼굴이었다. 초조한 듯 턱 언저리가 달달 떨렸다. 한 방, 말 한마디면 다 끝낼 수 있다. 마지막으로 날카롭게 다듬어진 화살촉을 확인하고 시위를 놓았다.

- 이미 엄마라고 생각하지도 않지만.

엄마는 내 말들이 귓속으로 들어가기도 전에 스스로 죽어버렸다. 껍데기만 남아 아무것도 듣지 못하는 엄마를 향한 나의 분노는 어디로 가야 할지 길을 잃어버렸다. 최후의 화살촉은 결국 방향을 틀어 나를 향했다.

"요즘 TV 보니까 초성게임 같은 걸 하던데요."

벙찐 나를 슬쩍 피해 현이 대답했다. 나는 서늘해진 뒷목을 괜히 손끝으로 쓸었다.

"초성을 주고 연상되는 단어를 돌아가면서 말하는 거예요. 말 못 하는 사람이 지는 거죠."

로 씨가 곰곰이 생각하더니 초성을 던졌다.

"쌍기역."

"한 글자요?"

뭐가 문제냐는 듯 눈을 동그랗게 뜨고 고개를 끄덕이는 로 씨를 향해 내가 의기양양하게 외쳤다.

"꽃."

한참 동안 말이 없는 나를 걱정했는지, 내가 입을 열자 로 씨도 현도 웃었다. 아무렇지 않게 깨, 꿀, 꾀, 꾼, 끼, 깡 같은 단어들이 빠르게 튀어나오고 허공으로 흩어졌다. 로씨까지 한 차례를 돌아 다시 현의 차례였다. 현이 한동안 생각하더니 떠올랐다는 듯 외쳤다.

"꿈! 이걸 안 했네."

우리는 동시에 로 씨를 향해 고개를 돌렸다. 로 씨는 다른 단어가 생각나지 않아 곤란스러운 듯 눈동자를 굴리며 말을 돌렸다.

"어, 다들 꿈 하면 가장 먼저 뭐가 떠올라?"

로 씨와 눈이 마주쳤다. 현이 말 돌리는 건 반칙이라며 웃었지만, 나는 어쩐지 허둥거렸다. 그 말끝이 나를 겨누는 것 같아 피할 궁리를 했다. 꿈.

"저는 쫓기는 꿈을 많이 꿔요."

그새 하늘엔 별이 총총 떴다. 서울 하늘에서는 쏟아질 듯한 별을 보기 어렵지만, 내가 볼 수 없는 저 너머에는 수십억 개의 별이 반짝이고 있을 터였다. 나는 작디작으며 아무것도 모른다.

"화내고, 소리 지르고, 찔리고, 아파하는 꿈들을 두서도 없이 밤새 꾸고 나면 울면서 깨기도 하고, 잠을 한 잠도 못 잔 것보다 피곤해져서 깨기도 해요."

맥주를 들이켰다. 어차피 아무것도 아닌 보잘것없는 내 이야기 따위 털어놓든 말든 아무도 신경 쓰지 않을 것이다.

"엄마를."

숨을 몰아쉬었다.

"죽이는 꿈을 꿨어요. 어쩌면 그러고 싶었던 건지도 몰라요."

왜 이런 말을 꺼낸 건지 후회할 틈도 없이 로 씨가 내 손에 들린 맥주병에 그녀의 맥주병을 부딪쳤다. 쨰쟁, 하고 맑은 유리 소리가 났다. 별끼리 충돌하는 소리 같았다. 벌겋게 곪은 속에서 종소리가 울렸다. 너무 맑아서, 그 소리가 빛처럼 환해서 나는 부끄러웠다.

“제가 속에 화가 많은가 봐요. 추하게.”

“아니.”

주름이 자글자글한 마르고 따뜻한 손이 내 손을 붙잡았다. 그 손의 무게 안에 많은 게 담겨 있었다. 로 씨가 견뎌온 삶의 시간들, 생각들, 감정과 풍파들이 고스란히 나를 짓눌렀다. 그게 말도 안 되는 위로가 되어 나는 손을 떨었다.

“원래 상처 난 자리에서 열이 나는 거야. 추한 게 아니라 다친 거예요.”

당장 휴대전화를 꺼내서 엄마한테 전화를 걸어 쏘아붙이고 싶었다. 나는 하나도 괜찮지 않은데, 엄마는 어째서 속죄가 끝났느냐고. 나는 아무것도 끝나지 않아서 내 전부라고 할 수 있는 세계를 도망쳐 나왔는데. 인생은 지겹게도 끝이 올 때까지는 끝이 없다. 끝이 언제라고 예고라도 해준다면, 병처럼 초기 중기 말기 같은 기준이라도 있다면 나는 적어도 밤잠 정도는 편하게 잘 수 있을 텐데. 그럼에도 불구하고 끝은 오리라고 믿는 사람과 믿지 않는 사람에게 끝은 삶과 죽음만큼 다른 것이라서 나는 되지도 않는 믿음을 가져보려 입을 뗐다.

“집에 거북이가 있었어요. 오랫동안 잘 지내왔는데 어느 날부터 거북이가 날 노려보기 시작했어요. 처음에는 몰랐는데 어느 순간부터는 벗어날 수 없다는 걸 알았어요. 그 서늘하게 노려보는 눈빛이 앞으로 나의 눈이 되리라는 것도."

윤수야.

"나는 왜 처음부터 거북이를 내쫓지 않았을까요. 왜 진작 이상하다고 여기지 않았을까요."

너를 생각하며 쓴 편지들은 하나도 버릴 수 있는 게 없다. 하나하나 곱씹어도 아득하게 그리운 말들이라 지울 수가 없다.

"돌이킬 수 없기 전에 나는 다 기억해야 했는데 왜 무책임하게 잊은 걸까요."

너를 다시 만나면 이 끝도 없는 편지의 끝에 온점을 찍으려 한다. 아득한 말들은 아득한 곳에 남겨두고 나는 훨훨 떠나버리고 싶어서, 그러려면 나에게 가장 아득한 네가 필요해서 나는 너를 찾고 있는 거다.

로 씨의 손이 울고 있었다. 물기 하나 없는 마른 손바닥이 엉엉 울고 있었다. 나는 슬며시 내 손을 꺼내어 로 씨의 손등을 닦아주었다. 엄마가 10년 정도 더 늙으면 이런 손을 갖게 될까. 이렇게 하염없이 뭔가를 쓰다듬어 바삭 소리가 나게 마른 손바닥을 갖게 될까. 그때가 되면 나도 지금 로 씨에게 하듯 울고 있는 손등을 닦아줄 수 있게 되는 걸까. 불확실한 것들이 패거리를 지어 쏟아졌다. 엄마, 엄마 그리고 또 엄마에 대한 죄책감과 분노들이 뒤엉켜 알아볼 수도 없었다.

"이설이는 그런 눈을 하지 않았어."

로 씨의 손이 내 뺨을 다정하게 감싸 고개를 들게 했다. 내 머리의 무게를 온전히 지고 있는 한 손이 단단했다. 그리고 마주친 로 씨의 눈동자에는 내가 바라는 단 한 가지이자 모든 게 들어 있는 듯했다.

믿음.

"이설이가 잊은 것, 책임지지 못한 것, 돌이켜 고치고 싶은 것, 아프고 기쁘고 너무 자주 들여다봐서 다 해져버린 모든 게 다 네 손 안에 있어."

다정한 로 씨 안에서 나는 주먹을 꼭 쥐었다.

"끝!"

기분 좋게 깔끔한 마무리였다. 상처도, 아픔도, 삶도 끝이 나지 않고 지속되는 세상에서 보기 드물게 상쾌한 끝이었다.

3. 물

나는 너의 말로 태어났다

인간에게는 내세의 구원을 얻으려 신에게 속죄하는 의식들이 있다. 고해성사나 회개기도를 하기도 하고 선뜻 헌금을 내기도 한다. 나는 용서받고 싶었다. 내 짐을 내려놓고 구원받고 싶었다.

- 신도 속죄하지 않은 사람은 구원할 수 없어.

- 왜?

- 잘못한 게 없다는 사람을 어떻게 용서하겠니.

누구에게도 속죄하지 않은 영혼은 그 누구도 용서해줄 수 없다. 나를 용서하고 구원할 수 있는 건 내 모든 죄를 고백할 수 있는 유일한 사람, 윤수, 너 하나였다.

*

나에겐 두 마음이 있었다. 마음이 두 개라는 건 어느 쪽이어도 괜찮은 거라고 생각했는데, 나는 그 두 마음에서 어느 하나로부터도 자유롭지 못했다. 뾰족한 이빨이 양팔을 깊이 파고들어 뽑아낼 엄두가 나질 않았다. 내가 할 수 있는 일이라고는 나를 놓아주지 않는 이 마음들을 이러지도 저러지도 못 하고 그저 관망하는 것뿐이었다.

만년필 촉을 세워 종이에 눌렀다. 까만 점이 천천히 번져나갔다. 그래, 이 점 하나였다. 나의 모든 것을 바꾸고 나를 도망치는 사람이 되게 한 사고(事故). 윤수를 만나게 하고 잃게 만든 내 기록의 얼룩. 점을 이어 선을, 선을 이어 글씨를 써내려갔다. 점에서 시작된 것은 문장이 되고 문단이 되고 글이 되었다. 모든 게 이어져 얼룩만 잘라낼 수는 없게 되었다.

윤수야, 가끔 나는 내가 아직도 물속에 있는 게 아닐까 느낄 때가 있어. 너에게서, 아니 삶으로부터 도망쳐 제 발로 가장 두려워하던 물속으로 뛰어들었던 그날이 매일 반복된다고 느껴. 내가 잊으려 한 것들이 우유에 시리얼 말아놓은 듯 그득했던 그 바다는 지금도 내가 대면해야 하는 숙제니까. 망각의 대가를 호되게 치렀으면서, 또 도망치기만 했던 내가 감당해야 하는 나의 죄악이니까.

만약 지금 네가 앞에 있다면 넌 나에게 뜨거우리만큼 다정하게 말해주겠지. 넌 아무 잘못 없다고, 죄책감 갖지 말라고. 하지만 너의 다정함을 수긍할 수 없어 괴롭다. 나는 길 잃은 분노를 이리저리 휘둘렀고, 나 자신보다 소중한 너에게까지 또 다른 나쁜 꿈을 남겼어. 그게 두려워 너에게서 도망쳤지만 나는 여전히 괜찮지 못해.

맞아, 나는 이기적이어서 또 너를 찾고 너에게 내 무게를 떠넘기려다 상처받는 게 두려워 다시 너에게 마침표를 찍었어. 그렇게 수많은 이별을 너에게 떠넘기고도 나는 네가 나를 계속 사랑했으면 좋겠다고 생각했어. 나는 너를 잊었대도, 넌 죽을 때까지 문득이라는 때에 나를 떠올리고 괴로워 어린아이처럼 엉엉 울었으면 좋겠다. 설령 그렇지 않더라도 난 그렇게 알고 믿어야겠어. 내가 살기 위해서는 이렇게 마음으로라도 이기심을 부려야만 하니까. 난 영원히 너에게 첫사랑으로 남아야겠다.

사랑이라는 건 어쩌면 맘 놓고 유치하고 싶을 때 하는 변명일지도 모르겠네.

*

나는 수능을 치르지 않고 해를 보냈다. 너무 추워서였다. 엄마의 목소리가 죽어버리고 난 뒤 바깥에도 집 안에도 칼바람이 불었다. 어디에 앉아도 발이 시렸다. 양말을 두 겹이나 신어도 냉기가 정강이를 타고 올라왔다. 스무 살이 된 나의 세상에는 해도 달도 뜨지 않았다. 하늘은 텅 비고 바다는 차가웠다. 그 바다 깊숙한 곳에 잠겨 나를 재웠다. 바다의 맛이 배도록 심해에 절였다.

쪼그리고 앉아 도망치는 나를 기다리던 윤수의 잔잔함을 생각했다. 너와의 기억들을 들여다보고 관망하고 포장하고 묻었다. 어디를 가도 물속은 거북이 지배하고 있었다.

어린 시절 토끼와 거북 이야기에서 거북은 동정의 대상이었다. 어리석으리만치 순진해서 토끼에게 속고 뜨거운 땡볕 아래 끊임없이 달리는 메마른 거북의 등껍질. 건조하게 갈라지는 피부와 목마름, 눈앞을 가리는 모래바람을 맞닥뜨린 거북의 마음을, 나는 발을 동동 구르며 상상했다. 하지만 거북은 바다의 포식자였다. 뭍에서 어리숙하게 내딛던 발은 바다를 가르는 날카로운 갈퀴가 되고, 반쯤 감겨 있던 눈은 또렷하게 번뜩였다.

아무것도 할 수 없어 나는 내 속을 박박 긁었다. 분노를, 두려움을, 정의할 수도 없는 어떤 종류의 마음들을 휘둘러 여기저기 자상을 냈다. 몇 달을 그냥 흘려보내는 동안 그보다 더 많은 피를 흘렸다. 그리고 어느 날 문득 물이 조금 따뜻할지도 모른다는 생각이 들었다.

이불을 갰다. 창문을 열고 방을 정리했다. 퀴퀴한 냄새가 나는 것들을 치워버렸다. 쓰레기를 버리고 널브러진 물건들을 정리했다. 거실에서는 여전히 누구도 보고 있지 않을 요란한 TV 소리가 들렸다.

뜨거운 물로 샤워를 했다. 물을 마구 낭비하며 구석구석 깨끗이 씻었다. 몸이 맑아지도록 오랫동안 샤워기로 몸 곳곳을 비췄다. 나는 너에게 깊게 담가졌다, 나왔다. 나에게는 너의 색이 한껏 묻어 물과 비누를 끼얹어도 벗겨지지 않았다.

서랍장을 열자 섬유 유연제 향기가 나는 옷들이 말끔히 개어져 있었다. 빨래를 매만지는 아빠의 투박한 손. 나는 옷을 입고 창밖으로 손을 내밀었다. 매 맞는 걸 기다리는 아이처럼 양손을 펼쳤다. 별이 축축한 손바닥 위로 내려앉았다. 그 별에 손바닥을 널어 말렸다.

현관까지 걸어가는 길이 만 리 같았다. 문 손잡이를 잡자 무언가 덜그럭, 걸리는 느낌이 났다. 힘을 주어 손잡이를 끌어내리는 그 잠깐의 순간에 윤수가 보고 싶었다. 그렇게 허무하게 너에게서 도망친 지도 벌써 반년이 다 되어가는데 나는 여전히 네 생각뿐이었다. 철컥 소리와 함께 문이 열리고 동시에 문에 밀려 비스듬히 놓인 쇼핑백 하나가 보였다. 그게 무엇인지 확인하기도 전에 휴대전화를 꺼내 전화를 걸었다. 분명 윤수라고, 아무런 근거도 없이 확신했다.

아주 멀리서 벨 소리가 울렸다. 제대로 들리지는 않지만, 지금 네가 내 근처에 있다. 계단 틈 사이로 1층을 내려다보았다. 규칙적으로 좁아지는 빨간 계단 난간만이 시야에 들어왔다.

- …….

- …여보세요.

- 윤수.

- …….

- 거기 있어. 내가 갈게.

- 아니야, 내려오지 마.

- 잠깐만 있어.

승강기 버튼을 눌렀다. 1층에서 기계 움직이는 소리가 들렸다. 2, 3, 4, 5, 6… 12층까지 숫자가 올라올수록 숨이 가빴다. 문이 열리고, 닫히고, 다시 숫자가 내려갔다. 12, 11, 10, 9, 8…. 머리가 멍해졌다. 너에게 어떤 말을 해야 하는지 생각하려는 의지조차 생기지 않았다. 끝도 없이 내려가 도달하려는 점이 또 악몽이면 나는 어떻게 해야 하나. 너를 잃고 반년 동안 나는 무언가 나아졌을까? 상처를 더 파고들고 처박혀 스스로를 갉아먹은 것밖에 한 게 없는 것 같은데, 다시 너를 봐도 괜찮을까. 지금 너를 만난다고 변하는 건 하나도 없는데.

1층입니다.

- 생일 축하해.

윤수가 박박 깎은 머리를 어색하게 긁적였다. 4월이었다. 피부에 닿는 공기가 슬프도록 온화했다. 이제야 봄이 온 걸 알았는데, 너는 또 봄이 아닌 곳으로 간다고 했다. 서럽게도 우리의 시계는 같은 시간을 가리킨 적이 없다.

- 선물 왜 안 열어봤어.

리본도 풀지 않은 고급스러운 쇼핑백이 손목에 걸려 흔들렸다.

- 나 이제 가야 해.

윤수의 입술이 예쁘게 웃었다. 나는 이 입술을 사랑해서 너를 잡지도 놓지도 못했나. 너에게서 도망쳐 사라졌던 나를, 너는 여전히 아무 일도 없었다는 듯 바라보고 있었다. 그런 너에게서 나는 신을 보았던 것 같다. 네가 나에게 주는 의미들이 다 진실이라면 이 세상에 분명 신이 존재하는 게 맞다고.

- 오늘은 시간이 없네.

시간이 조금만 있으면 너에게 하고 싶은 얘기들이 있다고 말하고 싶었다. 너를 싫어해서 도망친 게 아니라는 얘기를, 내가 나를 감당할 수 없었다는 말을. 그럼에도 나는 네가 준 의미들로 연명하고 있고, 힘을 내어 다시 너와 함께 하기를 바라고 있다고. 내가 괜찮아지길 기다려달라는 말까지.

뒤돌아선 윤수의 등. 그날따라 늘 평정을 유지하던 윤수의 가장자리가 위태롭게 일그러져 보였다. 휘청거리고 일렁여 보였다. 뼈대가 물컹해진 것처럼 손으로 쥐어도 흘러나갈 것 같아서, 나는 또 손을 뻗지 못했다.

너의 모습이 사라지고 나서야 네 선물을 풀어보았다. 어쩐지 훌쩍, 어느 단계를 넘어간 느낌이었다. 보드라운 재질의 케이스 안에 담긴 만년필 촉은 아득한 먼 곳을 향해 뻗어 있었다. 광택이 나는 검은 몸체에 금박으로 이름 석 자가 쓰여 있었다. 김이설.

윤수와 함께 보던 제주.

사진으로는 담을 수 없던 것들.

윤수의 모든 모습들이 눈앞에 새겨져 있기라도 한 듯이 나는 그 자리에 붙박여 움직이지 않았다. 아파트 주민들이 복도 한가운데 서 있는 나를 지나쳐 갔다.

너는 평생 아름다울 사람이야.

나를 매만지던 윤수의 눈. 나에게 다시 살아갈 새 숨을 주었던 섬세한 손가락과 너의 말들이 나를 마주 보고 있었다.

문이 열리고 아빠가 들어왔다. 벌써 해가 어둑어둑 지기 시작하고 있었다. 아빠가 머뭇거리며 시선 둘 곳을 찾아 두리번거렸다.

- 밖에 나왔네.

아빠는 나에게 왜 이런 데 서 있냐고 묻지 않았다. 광대가 떨리며 미소라고 부르기도 애매한 것을 입가에 띄웠다.

- 아빠.

- 그래.

혹여나 내가 말하려는 의지를 잃을까 전전긍긍하듯 내 말에 고개를 끄덕이며 대답했다.

- 나 그림 그릴래.

- 그림?

아빠와 멀찍이 떨어져 선 아파트 복도에서 나는 윤수를 쫓아가게 되리라는 걸 깨달았다. 내가 도망치고 싶은 딱 그 마음만큼 멀리 따라가게 되리라는 걸.

- 응. 그림 배우게 해줘.

너의 방식대로 살기로 했다. 네가 채운 족쇄들을 풀지 않고, 내 안에 스며 있는 너의 말들을 따라 살아보기로 결심했다. 그게 내 숨이고 내 뼈고 근육이었다. 아빠는 잠시 말이 없었다.

- 그래, 생일 축하한다.

그러네. 벚꽃이 저물며 날린 꽃잎들이 바다를 덮는 늦은 봄의 탄생일. 쫓고 쫓기는 꿈들이, 삶으로 이어지는 꿈의 잔상들이 끝나지 않아도 견뎌야 한다는 사실을 알게 된 늦은 생일이었다.

책 그리고 방

뭍으로 올라가야 해.

자주 꾸는 꿈이었다. 잿빛 공간, 오그라들고 움츠러들다 폭발하고 변형하는 공간. 어느 방향으로 뛰어도 자주 내 앞을 가로막는 차가운 무채색 콘크리트 벽들. 숨이 막히도록 뜨겁고 어두운 공간 안에서 나는 또 윤수를 마주쳤다.

- 나 길을 잃었어.

- 어디로 가려고 하는데?

글쎄, 여기가 어딘지도 모르는 내가 어디로 갈 수 있을까?

뛰쳐나가고 싶은 마음과 움직일 수 없는 몸의 괴리 그리고 나를 보며 빙긋거리는 윤수. 윤수는 마치 오래전부터 이곳에 있던 사람처럼 두려움이 없어 보였다. 나는 모든 게 두려웠다. 이 공간도, 윤수와 나 사이 한 팔 정도의 거리감도, 나 자신도.

- 무서워.

- 무섭니?

- 응. 너무 무서워.

윤수가 돌아서서 천천히 앞으로 걸어갔다. 나는 떨리는 마음을 억누르며 그 뒤를 따랐다. 너는 점점 더 깊숙이 이 공간의 중심부를 파고들었다. 나는 네가 어디로 가는지도 모르면서, 두려워 떨면서도 뒤를 좇아갔다. 끝이 없는 파도처럼 뜨거운 기운이 나를 삼키려 들어 나는 윤수의 손이라도 잡고 싶었다.

- 윤수야.

윤수가 획 고개를 돌려 나를 보았다. 거북의 눈이었다. 아득하게 바닥이 보이지 않는 새까만 거북의 눈으로 나를 내려다보고 있었다.

- 알을 낳기 위해서는 뭍으로 올라가야 해.

'책 그리고 방'.

검은색, 빈 공간 같은 곳이었다. 해방촌 한구석에 구멍처럼 검은 가게가 있었다. 얼핏 그 검정이 너무 짙어 그곳만 깊고 얕음이 없는 평면의 점처럼 보였다. 우주의 블랙홀처럼 모든 빛을 빨아들여 어둠이 된 것만 같은 그곳은 작은 서점이었다.

"들어가요."

등을 떠미는 로 씨의 손에 내가 먼저 안으로 발을 디뎠다. 뭔가를 쓰고 싶다면 다른 사람이 쓴 것들도 봐야 한다는 로 씨의 주장 때문이었다. 지난밤 악몽이라고 말하기도 뭣한 꿈 때문에 아침부터 비몽사몽했다. 두려움인지 그저 피곤한 탓인지 몸에 힘이 들어가지 않아 팔다리가 떨렸다.

"책이 정말 많네요."

가게 주인은 내가 처음 안녕바다를 찾은 그날의 현처럼 앉아 책을 읽고 있었다. 손님이 오는 걸 별로 신경 쓰지 않는 듯했다. 바깥의 검정과 다르게 안은 주황 조명이 따뜻하게 채우고 있었고, 좁은 공간은 기둥처럼 쌓인 책과 책장에 빼곡한 책이 가득 채우고 있었다. 현은 독특한 그림이 그려진 얇은 책 한 권을 들었다. 온통 흑백인 데다 티끌이 많은 재활용지에 인쇄되어 책이 아주 오래전 어느 시간에서 넘어온 것 같았다. 로 씨는 다른 구석에서 여행 서적을 집어 들고 읽었다. 나는 카운터 가까이부터 쌓여 있는 책 무더기를 훑어보았다.

그때 나를 스치는 것이 있었다.

언젠가 본 영화에 나온 장면 같은 것이었다. 주인공이 광장에서 있는데, 수많은 인파 속에서 유독 한 사람에게서만 빛이 나는 그런 장면. 사람이 아무리 많아도 나는 바로 너를 알아볼 수 있다고, 뻔한 대사가 이어질 법한 그 표현이 너무 진부하고 유치하다고 생각했다. 전형적이고 작위적인 연출이 어디에나 등장해서 오히려 공감이 가지 않았다.

그런데 우연이라는 게, 어쩌면 운명이라고 부를 만한 일들이 세상에 정말 있는 건지, 그 많은 책 사이에서 나는 얼핏 빛을 보았다. 기둥처럼 쌓인 책 중 하나에 붙박이듯 시선이 꽂혔다.

윤수.

분명 윤수라고 쓰여 있었다. 잘못 본 게 아닌지 나는 눈을 비볐다. 윤수의 이름이 새하얀 배경의 표지에 무겁게, 돌처럼 새겨져 있었다. 윤수. 흔하지도 드물지도 않은 이름이었다. 시집인지, 소설인지, 산문집인지도 모르게 표지엔 윤수, 라고만 적혀 있었다. 책장을 열어야 하나, 말아야 하나 고민하는 마음을 티 내듯 손가락이 허공에서 방황했다. 지난밤 꿈에서 불길 속을 내달리던 때처럼 다리가 떨렸다.

판도라의 상자 같았다. 이게 정말 나의 윤수가 쓴 책일 가능성은 사실 제로에 가까웠다. 그런데도 나는 바보같이 책을 내려놓을 수가 없었다. 윤수라는 이름은 내게 그런 존재였으니까. 내가 벗어날 수 없는 이름. 종교처럼, 나를 구원할 신인 것처럼 그 이름을 되뇌고 새겼다. 딱 한 페이지만, 한 페이지만 보자.

차라리 전혀 마음이 가지 않는 이야기가 쓰여 있었으면 좋겠다. 어떤 내용이어도 나는 나의 윤수를 떠올릴 것 같아서, 아예 말도 안 되는 유머집이었으면 좋겠다고 생각했다. 종이 한 장을 넘기는데 억겁의 시간이 지나는 듯했다. 서 있지도 못하게 많은 생각이 스쳐 비틀거리는 손짓으로 첫 장을 넘겼다.

아이는 고개를 푹 숙인 채 서 있었다. 위태롭게 매달려 있는 고드름 같았다. 내가 잠시라도 눈을 떼면 땅으로 곤두박질쳐 부서질 것 같았다. 그 위태로움은 나까지도 안절부절못하게 만들었다. 할 수만 있다면 양손으로, 아니 양팔로 너를 가득 안아 네가 안전하다고 느낄 때까지 노래를 불러주고 싶었다.

"그거 사려고?"

로 씨가 어느새 내 옆에서 함께 책을 들여다보고 있었다. 나는 약점을 들킨 사람처럼 안절부절못했다. 내가 읽은 게 정말 맞는 건지, 내가 착각해 읽고 싶은 대로 읽은 건 아닌지 제대로 확인하고 싶은 마음과 그냥 책을 내려놓자는 마음 사이에서 갈팡질팡했다. 이건 너무, 정말 너무 너의 말투였다. 글자 하나하나에서 윤수의 목소리가 들렸다.

"그냥요."

"책이 예쁘네. 사자."

괜찮다고 말해야 하는데 내 손은 표지가 구겨질 정도로 책을 꼭 쥐고 있었다. 로 씨는 그냥 웃어 보이고는 카운터로 가서 내가 든 책을 손가락으로 가리키며 무어라 말했다. 고개를 주억거리고 특유의 발랄한 손짓으로 무언가를 설명하다가 지갑을 꺼내 골라놨던 책 몇 권을 계산했다. 가게 주인이 명함 한 장을 뒤집어 하얀 면에 볼펜으로 뭔가를 적었다. 로 씨는 안경을 올리고 미간을 좁힌 채 글씨를 들여다보고 뭔가를 다시 물어보고 맑게 웃으며 고개를 끄덕였다. 그동안 나는 이러지도 저러지도 못 하고 책만 구기며

서 있었다.

"감사합니다."

로 씨는 큰일을 잘 마친 어른의 얼굴로 나를 향해 걸어오며 인사했다. 그와 동시에 현이 우리에게 와보라며 손짓했고, 우리는 알록달록한 과일이 그려진 동화책을 함께 처음부터 끝까지 넘겨 보았다. 어린아이가 그린 듯 일그러진 크레파스 선들이 끊어질 듯 맨 뒷장까지 이어졌다. 이야기와 함께 데굴데굴 굴러다녔다. 이렇게 그려도 된다면, 어쩌면 나도 할 수 있을 것 같았다.

갑자기 주머니에서 진동이 느껴졌다. K 선생님이었다. 오랜만이라고 말하는 K 선생님의 목소리에 걱정이 서려 있었다. 괜찮은 거냐고 묻는 대신 어디냐고, 밥은 먹었냐고 물었다. 그 따스함이 내가 그토록 찾아 헤매던 것이어서 나는 그동안 그에게 전화하지 않은 걸 후회했다. 갈대가 물을 머금어 부드럽게 휘어진다. 바람 소리인지 빗소리인지 모를 청량한 소리.

"꼭 해주고 싶은 얘기가 있어."

"네."

"네가 듣고 싶은 얘기인지는 모르겠어."

밤마다 꾸는 괴로운 꿈은 늘 나를 추접스럽게 만들었다. 막 깨어났을 때는 그렇다 치고, 현실에서도 꿈을 이기지 못해 자주 졸아들었다. 영문도 모른 채 멈칫거리는 내 모습이 스스로 맘에 들지 않아 오늘 아침, 오랜만에 K 선생님의 명함을 꺼내 들었다.

'꿈을 꿔요.'

"하지만 꼭 명심해야 해."

'자꾸 도망쳐요.'

"사람은 두려워하는 것으로부터 도망치지 못해. 결국 두려운 걸 쫓게 되어 있어."

'도와주세요.'

바람이 분다. 갈대가 그리는 곡선이 어여쁘던 너를 생각나게 했다. 너와 함께 본 바다. 쌓여 있는 책들 사이로 네가 서 있다. 꿈에서 하염없이 그 어여쁨을 쫓아가던 나와 그런 나를 돌아보던 너의 눈 그리고 거북.

나는 너를 두려워했다.

하늘의 색이 처음 보는 색으로 자꾸만 달라졌다.

몬이 손을 들어 머리 위로 다가오는 커다란 덩어리를 가리켰다.

'달이야?'

'아니, 별이야.'

'이곳은 멸종의 별이야.
들어줄 귀가 없이 사라지는 말들이 모이는 곳.'
별이 말했다.

굼과 몬은 몸을 뒤집어 별에 닿았다.
발의 오목한 모양과 별의 볼록한 모양이 꼭 맞았다.
별은 아무도 느끼지 못하는 온도로 빛났다.

'나는 왜 떠오르나요?'

윤수와 윤수가 아닌 윤수

책상 위에 책을 덩그러니 놓고 멀찍이 서서 쳐다보았다. 낯선 방문객에게 얼결에 자리를 내어준 뒤 가까이 다가가지도 못했다. 단돈 몇 천 원에 팔리던 이 책은 인쇄비만 받고 파는 거라고 했다. 로씨가 반강제로 쥐어준 책에는 사뿐히 윤수 이름이 내려앉아 있어 나는 제대로 펼쳐 읽어보지도 못하고, 내가 죽인 시체를 보는 심정으로 서 있었다.

밤이 자꾸만 깊어졌다. 이보다 깊을 데가 없다고 생각했는데도 자꾸만 깊어갔다. 모든 감각이 아무것도 아닌 책 한 권에 쏠렸다.

한없이 가라앉았다. 요 며칠 놀러 다니며 들떴던 딱 그 높이만큼 바닥으로 처박혔다. 윤수 그리고 또 윤수. 내가 숨 쉬는 모든 공기가, 그 공기의 온도가, 빛과 어둠과 내가 먹는 모든 것까지 전부 윤수였다.

그리고 직감했다. 언젠가 내가 너에게 말했던 산란기가 다가오고 있다고. 내가 품은 거북 알을 낳아야만 하는 때가 오고 있었다. 실감해본 적도 없는 고통의 날이.

스물한 살 2월에야 나는 내 소개를 할 수 있는 사람이 되었다. OO대학 신입생. 누구에게 말해도 의문 없이 이해받을 수 있는 소속을 가진 사람이 된 소감은 봉투가 뜯긴 과자가 된 기분이었다. 설레기도, 눅눅해질 염려를 하기도 애매한 기분. 언젠가 윤수가 했던 말과 닮은 기분이었다. 그림을 잘 그리지 못해 성적우수자 전형으로 미대에 들어갔다. 흔치 않은 일이라는 말을 듣고 이따금씩 두려움이 이는 걸 억지로 참았다. 이제 겨우 평범의 범주에 들어왔는데, 다시 밀려나고 싶지 않았다.

합격을 확인한 날, 당장 윤수를 만나고 싶은 마음을 억누를 수가 없었다. 이제 내가 뭐라도 되니까 너를 다시 보고 싶었다. 내가 무언가 달라졌다고 생각했다. 나는 더 이상 내 삶을 회피하지도 않았고, 윤수의 방식대로 살아가려는 노력의 첫발을 내디뎠으니 충분히 너의 축하를 받아도 될 거라는 생각이 들었다.

아니, 그건 어쩌면 그냥 이기심이었다. 너에게서 도망쳤던 때와 같은 이기심.

윤수는 세 번째 통화 연결음이 울리기 전에 전화를 받았다. 당연하게 응, 이라고 말했다. 어떤 물음도 없는 공백 위에 너는 먼저 응, 하고 대답을 얹었다.

- 어디야?

우리는 서로가 없는 각자의 나날을 몇 백 일이나 보냈다. 그동안의 하루들은 쉴 새 없이 바빠 너와 나 사이엔 서로를 가리우고도 남을 만큼의 시간들이 쌓였다. 나는 네 생각으로 그날들을 채울 때가 잦았지만, 너의 경우는 모르는 일이었다. 네가 내 기대보다 기다림을 많이 내려놓았으리라는 당연한 의심과 최소한의 자기방어조차 두르지 못한 채 네게 어디냐 물었고, 너는 그런 나에게 연결되어 있지 않던 날들이 무색하게 그냥 응, 집이야, 했다.

그 당연하지 않았을 당연함에 취해 나는 주정하는 사람처럼 네가 보고 싶다는 말을 수 번이나 반복했다. 울지도 웃지도 않는, 어쩌면 둘 다인 입 모양으로 너를 찾아 헤맸다. 그리고 너는 6년 전, 내가 너를 처음 만나 믿음을 쏟아붓고 사랑을 토해내게 만들었던 그 목소리로 다시 바다에 가자, 고 말했다.

그날의 바람엔 작은 공 무늬가 가득했다.

아이에게 처음 건넨 그 말을 두고두고 생각했다. 괜찮아, 라는 말은 도대체 끝을 알 수 없는 세계를 갖고 있었다. 아무렇지 않게 툭 뱉은 말 같았는데 지나고 나니 거기엔 나의 모든 것이 담겨 있었다. 나도 누군가에게 그런 말을 듣고 싶었다. 걱정하면서, 제정신이 아닌 나를 안쓰럽게 바라보면서. 무슨 일이 있는 거냐고 먼저 말을 건네오는 그 눈을 마주하고 싶었다. 그런데 누구도 나를 그렇게 봐주지 않았다.

괜찮아.

그날 너에게 내민 손자국들은 사실 나를 향해 있었다. 바들바들 떨고 있던 네게 동질감을 느꼈던 걸까. 나는 너를 그리고 나를 돕고 싶었다. 그 도움의 손길은 스스로를 구원했다. 이렇게 바닥이어도, 이토록 답 없는 삶이어도 누군가를 도울 수 있다는 게 나에겐 구원이었다. 나는 그렇게 너를 통해 신을 보았다.

아이는 그런 나를 들여다보았다. 깊이, 아무 말 하지 않아도 모든 게 들리는 그 텅텅 빈 공간까지 들여다보았다. 그런 너여서 다행이었다. 다른 누구도 아닌 너를 도울 수 있어서 다행이다. 정말 다행이다.

너의 이름이 적힌 책에는 그날처럼 공 무늬가 가득해서 나는 잘게 쪼개진 숨을 쉬었다. 다듬은 지 오래되어 머리끝이 부스스했다. 아무런 느낌도 없이 약속 장소에 들어서서 바로 맞닥뜨린 거울 앞에 선 채 절뚝였다. 거울에 부딪힌 눈동자가 새까맣게 빈틈이 없었다. 파릇파릇한 꽃과 식물로 가득 채워진 카페를 둘러보다가 기껏 앉은 자리는 햇살이 들어오는 창가를 피해 가장 어두운 곳이었다. 문득 지금 나, 윤수를 만나러 왔다는 실감이 들었다.

로 씨는 내가 생각하는 것보다 행동이 빠른 사람이었다. 책방 주인에게 『윤수』의 저자에 대해 묻고 명함을 받아 와 약속을 잡았다. 로 씨가 등 떠밀어 나온 척했지만 로 씨 때문에 나왔다기에는 너무 두근거렸다.

무슨 말을 하려고 여기에 나온 건지 나 스스로도 이해되지 않아 그저 숨죽이고 있었다. 경계했다. 혹시 윤수의 그림자라도 비친다면, 나는 어떤 얼굴로 웃어야 할지 몰랐다. 엄지발가락이 도망칠 태세로 빳빳했다. 온갖 생각이 바글바글 끓고 있는데도 태연한 척 손바닥에 흥건한 땀을 무릎에 슥슥 닦았다.

"혹시 김이설 씨?"

손을 대면 버석버석 소리가 날 것처럼 마른 남자였다. 안경에 묻은 지문 자국이 건조한 먼지의 흔적 같았다. 초조한 몸짓으로 내 맞은편에 앉은 남자는 확실히 윤수는 아니었다.

"박윤수라고 합니다."

그냥 너와 같은 이름을 가진 사람이었다. 이름만 같을 뿐 네가 아니라는 걸 알고 있었지만 내가 가장 욕망하는 이름을 마주친 나는 숨이 잠길 만큼 깊은 숲에 들어섰다. 그 숲의 벽에 붙어 걸었다. 나가는 길을 찾으려는 거였다.

그는 박씨였고, 우체국에서 일하는 공무원이라고 했다. 우연에 우연으로 편지 뭉치가 잔뜩 들어 있는 상자를 폐기처분하게 되었고, 운명 같은 기분에 휩쓸려 혼자 그 편지들을 다 읽어보았다고. 돈을 벌려는 것도 유명해지려는 것도 아니라며 나에게 왠지 모를 용서를 빌었다.

자격도 없는 나는 그냥 괜찮다고 말했다. 윤수는 괜찮다고 말할 거라고 대답해주었다. 그는 그제야 홀가분해진 표정으로 마실 것을 사겠다고 카운터로 갔다.

윤수일지도 모른다는 생각으로 나왔지만, 윤수가 아닌 윤수라는 사실에 이상하게도 안도했다. 그런데 이 글이 윤수가 아닌 윤수가 쓴 글이 아니라니. 윤수 윤수 윤수 수많은 윤수와 나의 하나뿐인 윤수. 윤수이고 윤수가 아닌 것들의 주사위에 갇혀 데굴데굴 굴렀다. 위도 아래도 알 수 없는 정육면체의 공간은 끝도 없이 아래로 굴렀다.

근데 나, 어쩌면 이 책이 윤수의 것이 아니면서 윤수의 말이라는 걸 알고 있었던 것 같다. 가방에서 무게가 거의 느껴지지 않을 정도로 가벼운 책 『윤수』를 꺼냈다. 나는 금방이라도 토할 것 같아 그가 없는 틈에 카페를 나왔다. 길을 잃어 따라붙는 그림자가 유난히 어두웠다. 너의 이름이 쓰인 책, 아니 이제는 정말 네가 된 책에는 흐릿하게 기울어진 글씨가 가득했다.

거북은 수면 바로 밑에서 기다렸다

우리는 자주 물가로 갔다. 바다 앞에 서면 아이는 오래 묵은 걸음을 서성였다. 물에 풍덩 들어가지도, 멀리 거리를 두지도 못하는 아이는 버거운 날갯짓을 계속했다. 그 뺨에 묻은 슬픔에 나는 실체도 없는 말들을 늘어놓곤 했다.

아이야, 너는 제주가 좋으니? 사람이 많은 것이 싫으니? 나와 함께 있는 것이 좋으니? 그 물음표들은 좁은 마음밭에 잡초처럼 무성히 자랐다. 내가 가장 묻고 싶던 말은 다른 말들로 시들어갔다. 결국 꺼내지 못한 말을 버려두고 나는 아이를 위해 노래를 불렀다. 네가 사랑스럽다고. 사랑스럽도록 아름다울 네 옆에 어쩌면 영원히 있겠다고.

우리의 마지막 바다, 그 바다에 가던 날, 가장 평범한 모습으로 우리는 함께 타투샵에 들렀다. 계획이 없어 예약도 하지 않았지만 그렇게 해야만 할 것 같은 날이었다. 비슷한 분위기의 옷을 입고 같은 얼굴을 하고 들어온 우리에게 타투이스트는 "커플 타투?" 하고 물었다. 우리는 같은 얼굴을 한 서로를 훑어보고는 괜히 낯선 표정을 지었다. 그마저도 같았다. 타투이스트는 새까만 장갑을 낀 손으로 등받이가 거의 무너진 형상의 소파를 가리켰다.

나는 가져온 살구 한 알 크기만 한 도안을 꺼내 보였다. 내가 처음으로 '직접' 그린 그림이었다. 누구의 의견도 없이 처음부터 끝까지 나의 선으로 그린 그림. 삐뚤빼뚤 서툴게 그린 도안을 한참 들여다보던 타투이스트가 어느 부위에 할 것인지 물었고, 나는 발목 가장 오목한 곳을 가리켰다.

- 혼자 하는 거죠?

그는 커플 타투가 아닌 것을 재차 확인하고 어두운 커튼 너머로 나를 데려갔다. 무대 같은 조명이었다. 어두운 배경 가운데로 환한 핀 조명이 내 발목 위에 떨어졌다. 도안을 발목에 찍어내고, 바늘에 잉크를 묻혀 한 땀씩 그려나갔다. 거북을 그린 그림이었다.

- 생각보다 별로 아프지 않네요.

- 피부가 튼튼해서 그래요.

튼튼한 피부를 가진 나는 별로 아파하지도 않고 거북을 새겨냈다. 거북이 뭍으로 올라올 수 있도록 가까운 곳에 파랗게 수면을 그려넣었다. 까만 바늘선을 따라 거북의 형상이 나타나는 데는 그리 오랜 시간이 걸리지 않았다. 허무하게도 정말 금방이었다.

- 물이 닿으면 덧날 수 있으니까 주의하시고 연고는 얇게 펴바르세요.

- 바다에 갈 건데 괜찮나요?

타투이스트가 나를 빤히 쳐다보았다. 소리에도 한기가 묻어 있는 바람이 창을 흔들었다. 겨울나무가 넘실댔다.

- 이 날씨에 수영을 하시나요?

- 아뇨. 수영은 해본 적이 없어요.

그는 더 이상 대답하지 않고 피부에 지저분하게 번진 잉크를 닦아냈다. 소독솜으로 문지르고 두툼하게 연고를 올렸다. 그제야 피부가 쓰라렸다. 나는 늘 뒤늦게 아프고 늘 바다가 무서웠다.

그래서 발목에 오롯이 거북을 새겼다.

거북이 새겨진 발목으로 길을 걷고 버스를 타고 오래오래 달렸다. 발목이 가끔 쓰려 웅크려 앉은 나는 손끝으로 자꾸만 거북을 더듬었다. 피부가 볼록하게 부어올라 보지 않아도 거북을 따라 그릴 수 있었다. 내가 그린 어지러운 선들이 하나의 거북을 이루었다.

우리는 왜 또 바다를 보러 가는 거냐고 묻지 않았다. 윤수와 함께가 아니면 나는 바다에 갈 수 없다는 사실을 알았으니까. 너와 나는 잠시 들른 휴게소에서 바다 맛이 나는 걸 먹자며 어묵을 하나씩 골랐다. 갑자기 눈이 쏟아졌다. 우리는 작은 손바닥으로 머리를 가리고 걸었지만 차갑게 젖어버렸다. 추위에 떠는 나를 위해 윤수는 겉옷을 벗어 웅크린 내 위에 반을, 제 무릎에 반을 나누어 덮었다. 옷가지 안에서 은밀하게 너의 온기가 나를 데웠다.

- 나 대학 합격한 거 알아?

- 할 줄 알고 있었어.

그 말을 하는 윤수는 강직한 입매를 하고 있었다. 어떻게 그러냐고 되묻자 너는 퍽 무심하게 아무 상관 없으니까, 라고 했다. 아무 상관 없어.

- 나 미대 갔어.

- 그림 그리는 거 재미있어?

- 응. 그거 알아? 종이에도 앞뒤가 있어. 밝은 데서 비추면 결이 보이는데, 가만히 매달면 종이가 앞으로 굽어들어.

별 의미도 없는 말들로 우리는 간격을 좁히고 숨을 느꼈다. 너는 내가 해준 말들을 가만히 되짚어 읽었다. 종이의 앞과 뒤, 결, 앞으로 굽어든다. 네 음성으로 듣는 내 말은 흐린 눈으로 보는 광원처럼 투명하고 둥글었다.

순천역에 도착한 것은 이미 밤이 내렸을 때였다. 우리의 첫 밤이자 마지막 밤. 멀리서 빨간 글씨가 깜빡였다.

넌 나의 공허에 까맣게 찍힌 온점이다. 네가 곳곳에 뿌린 청포도 향이 스며 사라지지 않는다.

- 이런 데는 처음 와봐. 우리가 모텔에도 다 오네.

윤수는 멋쩍은 듯 웃었다. 온통 어두운 방이었다. 둘러볼 것도 없이 좁고 어두운 방. 가방에 있던 머스켓 향의 향수를 구석구석 꼼꼼히 뿌리고 나니 그 방이 이상하게 좋았다.

- 신기하네. 무인 모텔이라니. 돈 참 쉽게 번다.

무슨 그런 생각을 하니. 윤수가 장난조로 나무랐다. 사람이 없는, 사람이 쉬는 공간.

- 어쩐지 누군가를 기다린다는 생각이 들어.

윤수는 바다에 절인 맛이 나는 말을 했다. 깊은 곳에 가라앉은 나는 너의 말들을 빛 삼아 헤엄쳤다. 빛은 밝아도 조류는 거칠었다. 나는 언제부터 우리의 마지막이 함께 손을 잡은 밤이라는 걸 알았을까. 우리는 댕강 잘려 그 밤의 가운데 떨어진 것 같았다.

- 누구를?

- 그냥 춥고 외로운 누군가를 위해서 품을 활짝 열어두고, 여기로 오지 않아도 여기에 이렇게 쉴 곳이 있다는 것만 알아둬, 하면서.

우리는 아무도 지키는 이가 없는 좁은 방에서 함께 잠을 잤다. 나는 침대에서 윤수는 소파에서. 잠을 자면서도 윤수가 누운 방향으로 귀가 쫑긋 선 이 밤에는 끝이 없을 것만 같았다. 눈을 감은 채 밤의 색이 변하고 해가 어둠을 거둬 가는 것을 보았다. 모두 사라지겠지. 이제 저무는 계절이 오는 소리를 가만히 누워 듣는 수밖에 없어서, 나는 아침이 오기 전에 조금 울었다.

카페를 나와 안녕바다로 가는 택시에서 너의 책을 계속 읽어나갔다. 너의 말들과 나의 말들이 뒤엉켰다. 서로의 기억이 서로를 향하고 위태롭게 비어 있던 공 무늬엔 각기 다른 색들이 드문드문

채워졌다. 현도, 로 씨도 보고 싶었다. 어디에라도 털어놓고 이야기를 하고 싶었다. 나 정말 윤수를 만나도 괜찮은 거냐고 묻고 싶었다. 그냥 다 괜찮다는 얘기가 듣고 싶었다. 이제 두려운 것으로부터 도망치지 않고 싶다는 말을 하려는 입술이 뜨거웠다.

동화를 쓰면 당장이라도 윤수와 마주칠 것 같은 기분이 들었다. 그건 영혼의 확신이었다.

아이는 자주 도망쳤다. 입구가 풀려버린 풍선처럼 요동쳤다. 쫓아가야 하나? 내가 쫓아가서 뭐라도 할 수 있을까. 괜히 내가 끼어들어 아픈 아이를 더 아프게 하는 건 아닐까.

그래서 나는 그냥 아이를 기다리기로 했다. 그애가 뜀을 멈추고 주저앉을 수 있는 도착 지점이 되어 있기로 했다. 운명처럼 우리는 항상 길의 끝에서 만났고, 그때마다 아이는 뱃속을 모두 토해내듯 울었다. 토닥여주다가, 어느 때는 이러다 갑자기 숨을 쉬지 않을 것만 같아서 제발 그만 울라고 애원했다. 기침인지 울음인지 모를 것들을 한참 쏟아내다가 아이는 모든 힘을 잃은 듯 축 처지곤 했다.

그리고 나에게 미안하다고 했다. 나는 괜찮다고, 내가 옆에 있다고 말했다. 그러면 아이는 웃음 비슷한 걸 지어 보이며 아니라고 했다. 뭐가 아니냐고 물으면 그것도 아니라고 했다.

아니, 아니라는 말들 사이엔 내가 없었다. 나는 왜인지 그 의중을 짐작할 수도 없지만 아이의 말들엔 내가 설 곳이 없었다. 그게 부끄러워 나는 항상 기다리는 곳에 서 있겠다고 말했다.

윤수가 운전하는 차는 먼 길을 돌아갔다. 예전에 제주에서처럼, 서울에서 가끔 나를 데려다주던 날처럼 네가 운전하는 차는 느릿느릿 먼 길로 갔다. 아무도 경적을 울리지 않는 날이었다.

- 이설아.

- 응.

- 나는 형 찾는 걸 그만두기로 했어. 이제 집으로 돌아가려고 해.

윤수는 무덤덤하게 말했지만 나는 딸꾹질이 나왔다.

- 왜?

- 응. 동생까지 고생시키기는 싫어서.

그 말과 동시에 거짓말처럼 경적이 울렸다. 빨리 가라고, 이제 가야 할 때라고 소리를 질렀다. 어렴풋이 지나가듯 들었던 막냇동생의 이름이 기억났다.

혜수.

윤수는 그애를 참 아꼈다. 나이 차이가 많이 나는 여동생이라 아빠의 빈자리를 느끼게 하고 싶지 않아 하는 건지. 그 마음에 나는 묘하게 멀미가 났다. 너에게 말은 하지 못하고 혼자 어지러운 머리를 움켜쥐었다.

경적처럼 너는 계속 단어들을 뱉었다. 동생이 대학을 갔는데 어머니 혼자는 좀 힘들다고. 여지껏 고생했는데 이젠 좀 도와줘야지 싶다고 했다. 그 말들을 들으며 오늘 아침에 갑자기 울음이 터졌던 일을 생각했다. 이상하게도 나의 울음은 늘 정확한 때에 왔다.

나는 바다에 도착하면 꼭 할 얘기가 있다고 말했다. 더 이상 잊어버리지 않고 바스라진 그 가루들까지 다 기억해야겠다고 생각했다.

윤수의 바다에

아이는 그런 바다는 처음이라고 했다. 무섭냐 물었는데, 무섭지 않다고 했다. 이곳에서 잠들면 아무 꿈도 꾸지 않을 것 같다고 웃었다.

갈대는 물을 머금으면 부드러워진대.

- 여기야.

- 여기가 바다야?

처음 느끼는 바다였다. 파도 소리도, 드넓은 물 덩어리도 없는 노란 갈대가 일렁이는 바다. 윤수는 티켓에 적힌 '순천만'이라는 글자를 가리켜 보였다. 만, 늘 내가 서고 싶은 곳이었다. 깊은 물의 공포에서 벗어나 올라서고 싶은 곳.

- 우리가 땅에서 보는 것들은 다 억새고, 갈대는 원래 물에서 자란대. 그래서 여기서는 갈대숲이라고 안 하고 갈대바다라고들 부른대.

바다 같은 소리가 났다. 바람이 조류를 만들고 물결이 파도가 되어 부서지는 소리가. 내가 모르는 어느 바다에는 이런 푸르름이 자란다. 물컹하고 비릿한 것이 아니라 파릇파릇한 것이 빼곡히 자란 지 긴 세월이 지나 보였다. 두려워 도망친 곳이 결국 내 종착지라는 걸 알았다.

처음부터 바다는 어디에도 없었다는 것, 그 바다를 늘 목젖 근처에서 굴리고만 있었다는 것까지.

- 이 바다는 무섭지 않아.

- 무섭지 않아?

- 이곳에서 잠들면 아무 꿈도 꾸지 않을 것 같아.

나는 수십억 그루 갈대 앞에 서서 나와 네가 끝까지 분리될 수 없을 거라고, 말했다. 애초에 우리는 둘이 아니지 않을까, 분리된다는 말이란 우리 사이에 없지 않을까, 하자 너는 나와 같은 속도로 고개를 끄덕였다. 우리는 따로 지낸 시간들이 허상 같을 만큼 한 번도 쪼개진 적 없는 음표처럼 온전한 정박으로 대화를 이어갔다. 한 뿌리에서 자란 연리지 같았다.

그래서 내가 나의 균형을 잡는 게 윤수를 위한 일이라는 확신이 들었다. 스스로의 삶을 회피하지 않는 것이 우리를 지금 이대로의 모습으로 지켜내는 일이라고. 나의 눈을 마주 보았다. 섬뜩한 잔인함이 담긴 나의 눈을. 지겹게도 새겨져버린 거북의 문양을.

- 동생 사진 보고 싶어.

윤수가 휴대전화에서 조각 진 사진을 찾아 보여주었다. 사랑받아 마땅하다는 생각이 드는 예쁜 아이였다. 한 번도 울어본 적이 없는 것 같은 입이 예쁜 삼각형으로 웃고 있었다. 그 얼굴이 너무 예뻐서 그냥 사진을 넘겨버렸다.

- 우리는 이미와 아직 사이에 있는 것 같아.

성경에서 본 듯한 말이었다. 이미 이루어진, 하지만 아직 오지 않은. 우리도 신의 뜻처럼 운명의 한가운데 서 있는 거라면 그대로도 좋다고 대답했다. 이미도 아직도 아닌 그 사이의, 아무 의미도 없고 모든 의미가 같은 춤을 추는 그 공간에 너와 있으면 충분했다.

- 바람이 좋네.

윤수는 나를 똑바로 마주 보았다. 내내 그립던 순간이었다. 윤수의 손바닥에 내 손바닥을 맞대고 이미 나를 들여다보았을 너에게 아직 내가 하지 않은 말을 꺼냈다. 길고 긴 이야기들이 눈물을 머금어 부드럽게 휘어졌다. 그 휘어짐은 일정한 조류를 만들고 파도쳐 혓바닥을 넘어왔다. 단단하고 하얀, 탁구공만 한 알이 파도에 밀려 튀어나왔다. 윤수는 그걸 소중히 받아 들었다.

아이의 그림은 선이 어지러웠다. 나의 단어는 혼란스러웠다. 짧은 동행에도 우리는 서로가 어느 쪽 다리를 저는지 알았다.

거북 어항을 들고 가던 아이는 계단에서 어항을 그러안고 굴러 온몸에 붉은 조각이 박혔다. 그것은 누구도 위로해줄 수 없는 종류의 것이어서 아이는 자리를 털고 일어나 헤엄치지도 못하는 바다로 스며들었다. 내가 할 수 있는 역할은 그 바다가 일렁이는 소리에 귀를 기울여주는 일이어서 슬프고, 기뻤다.

- 나는 문이 열리는 소리가 무서워 집에서는 늘 방문을 잠그고 있어. 그 소리를 알거든. 낮이 부서지고 밤이 내려앉는 소리. 거북이 잠에서 깨어나는 소리.

윤수는 가만히 들었다.

- 내가 가장 하기 힘들어하는 말은 '오빠'야. 그 단어는 나의 가장 약한 피부여서 드러내기가 두려워. 내 팔을 잘라 간 거북이가 우리 오빠기 때문이야.

남의 얘기를 하듯 말을 이어나갔다.

- 그러니까 내가 하고픈 말은….

더 이상 애매한 말을 사용하고 싶지 않았다, 이번만은.

- 나는 강간을 당했다. 그게 다야.

발가벗겨진 듯 정확한 문장이었다.

- 아주 어려서 그것이 강간인지도 몰랐던 때부터 고등학교 때 내가 엄마에게 그 사실을 말하기 전까지.

이렇게 남의 일을 말하듯 이야기할 수 있을 줄은 몰랐다. 나조차도 갑자기 실감이 안 나는 단어들이었다. 그렇다고 내 일이 아니라고 하기엔 그 어두웠던 유년의 밤에 남모르게 내 방문이 열리던 소리를, 나는 아직도 기억하고 있었다.

- 나의 모든 비밀과 강박과 그 수많은 두려움과 예민함의 밑바닥은 겨우 이게 다야. 너무 간단하지. 왜 그랬는지 이유 같은 것도 몰라. 그냥 그랬을 뿐이야. 그게 나의 사고이고 나의 점이자 나의 바다가 솟아나는 샘이야.

윤수는 아무 말이 없었다.

- 처음엔 엄마한테 말을 했어. 내 말을 들은 엄마는 아니라고, 그럴 리가 없다고 했어. 오빠는 그럴 리가 없다고, 네가 뭘 착각한 거 아니냐고, 확실하냐고. 그러다가는 내가 먼저 실수한 게 아니냐고, 그러게 짧은 바지는 왜 입었으며, 왜 조신히 다리를 모으고 앉지 않냐고 따졌어. 엄마가 주저앉아 우는 걸 보고, 나는 아빠에게도 말해서 도움을 받고 싶다고 했어. 내가 너무 무섭고 아프니 다들 나를 도와달라고. 그런데 엄마는 절대 안 된다고 했어. 아빠도 내가 잘못한 거라 말할 거라고, 아빠도 결국 똑같은 남자여서 그렇게 말할 거라고 하면서 내 방문을 잠갔어. 바보 같지. 어차피 나는 열고 나갈 수 있는데. 그래서….

버벅대지 않으려고 노력할수록 말이 자꾸만 길어졌다. 무엇도 꾸미지 않은 말을 하고 싶었다. 있는 그대로의 이야기를.

- 그래서 나는 내 세계에서 엄마를 죽이고 평생 돌아보지 않기로 했어. 그날 내 팔을 자른 건, 나를 강간하고 난도질한 건 사실 오빠가 아니라 엄마였으니까.

제주에서의 어느 날처럼 너는 나를 가만히 안았고, 그날처럼 투박하게 손바닥으로 나를 쓰다듬었다. 더 이상 갈대는 요동치지 않고 바닥이 말라 바다가 아닌 뭍이 되어갔다.

- 수고했어.

신파극처럼 그제야 터진 눈물에서 짠맛이 났다. 그건 그렇게 중요하지 않았다.

-모든 견고했던 것들이 다 무너져내린 그날에서 더 이상 도망치지 않을 수 있을 때, 다시.

윤수는 내 말이 끝나기도 전에 고개를 끄덕였다. 거북 꿈이 끝나는 지점에서 너를 다시 만나고 싶다는 말은, 굳이 전하지 않아도 너는 이해했을 말이었다.

- 이제 이 이야기들은 나를 떠나 다른 갈대바다가 될 거야.

- 그럴 거야.

말을 다 꺼내놓은 우리는 주섬주섬 마음을 챙겨 다시 차에 올랐다. 우리가 처음 만난 섬과 같은 바다가 흐르는 갈대의 바다에서 우리는 이번이 세 번째 이별임을 직감했다. '이미'이지만 '아직'인 우리의 관계는 어찌할 수 없는 것이었다.

- 내가 어른일 때 우리가 처음 만났더라면 우리는 달라졌을까.

- 우리는 지금도 잘되었어.

윤수의 말이면 다 옳았다.

- 나는 평생 너를 잊지 못할 것 같아.

그런 뻔한 말들이라도 꼭 해야 할 것 같았다. 마지막이라는 게 종이 한 장처럼 얇아도 앞과 뒤의 결이 달랐으니까.

- 잊지 않고 기억할게.

우리는 서로에게 오래도록 기억될 말들을 남겼다.

- 너는 평생 아름다울 사람이야. 부디 아프지 않았으면 해.

우리가 마지막으로 헤어졌던 그날 밤에도, 우리가 처음 만났던 그날의 제주에서도, 아이는 작은 짐승의 것 같은 울음을 울었다. 어깨가 짧게 떨리고 토해내듯 미묘한 소리를 뱉어냈다. 어쩌면 그 순간 모든 게 시작됐는지도 모른다. 너도 나도 어찌할 수 없는 끈질긴 인연이. 그 막연하고 지금도 끝이 어디인지 알 수 없는 너를 지키기 위한 평생의 여정이.

가끔 만약이라는 아무 효력이 없는 말로 우리의 첫날을 헤집어보곤 했다. 만약 그날 내가 무심히 아이의 외로움을 지나쳤다면. 그랬다면 아무 이유도 없이 갈기갈기 찢겨버린 네 삶을 보지도 않았을 테고, 널 기다리고 사랑하고 상처받고 추억하고, 그 모든 일이 한 번 지나가면 다시 너를 기다리기 시작하는 이 악몽 같은 굴레에 발 들일 일도 없었을지 모른다.

이제 와 이렇게 말해봤자 더 이상 아이의 이름을 잊을 수 없다는 걸 잘 알았다. 우리가 쌓아온 6년만큼의 시간이 한 번 두 번 더 쌓이고 나면 나는 또 다른 결과를 손에 쥐고 있을지도 모른다. 지금 나는 또 너를 기다리고 있으니, 이제 다시 사랑할 차례라고, 위안했다.

그 아이에게 마지막으로 해주고 싶은 말은 하나다. 가시는 이미 지나갔다는 것.

윤수의 말은 내가 되고, 우리의 말은 돌고 돌아 글이 됐다. 어쩌면 우리가 마지막 이별을 한 날부터 내가 쓸 이야기는 정해져 있었을지도 모른다. 이제 그만 헤매고 그만 애써도 될 것 같다는 기분이 들었다.

안녕바다에 들어선 나는, 지금 나의 동화를 다 쓴 것 같다고 말했다.

굼은 그곳을 둘러보았다.

잃어버린 단추와 이름표, 부서진 기억의 조각들이 날카롭게 돋은

꽃밭이 있었다.

기억나지 않는 꿈과 핑크 돌고래와 투명한 오징어,

세상에서 지워진 말들이 흐르는 강이 있었다.

'이곳에 뿌리를 두었기 때문이야.'

굼은 노란 별이 사실은 노란 실이 감긴 실타래라는 걸 깨달았다.

굼에게도 몬에게도 노란 실이 이어져 있었다.

바다 중의 바다

어느새 여름이 짙어 가을이 지나고 다시 겨울이 와도 안녕바다는 여전히 한산했다. 그곳에 모여 현과 로 씨와 함께 동화를 썼다. 하루는 색연필로 그림을 그리면서, 어느 날은 연필로 선을 그어가며 글을 썼다. 한참을 써도 아무것도 아닌 문장 몇 조각이 나올 뿐이었지만 그 일이 나에게는 의미가 됐다.

글을 아주 여러 번 새로 썼다. 마지막 온점을 찍지 못해 한참 망설이다 새 종이를 꺼내는 날이 흔했다. 그사이 현은 여전히 이름을 짓지 못했지만, 안녕바다에는 정식 브런치 메뉴가 세 개나 생졌다. 나는 여전히 안녕바다에서 아르바이트 비슷한 걸 했고 가끔 걸려오는 아빠의 전화에 늘 네, 라고 대답했다. 로 씨는 40명이 넘는 외국인 학생을 가르쳤고, 공동 작업으로 아랍어와 한국어가 함께 쓰인 동화책을 내게 되어 작은 파티를 계획했다.

평상시와 달리 가구들은 다 창고로 옮겨두고, 늘 닫혀 있던 작은 방문도 활짝 열었다. 나는 몇 년 전에 산 유난히 짧은 원피스를 처음 입고 조금 어색하게 걸었다. 로 씨가 쭈뼛거리는 내 모습을 흉내 내는 걸 보고 웃음이 터져서인지 그 어색함마저도 잊었지만.

잊으면 안 됐다. 망각의 벌로 가장 소중한 걸 잃었으면서 또 같은 선로에 올라섰다. 기차가 최고 속도로 달려오는 것도 모른 채.

파티는 로 씨의 제자 몇 명과 우리가 전부였지만 설레는 바람이 부는 밤이 오랜만이어서인지, 현이 아껴둔 좋은 와인을 꺼내놓아서인지 다들 제법 들떠 있었다.

처음 안녕바다에 왔을 때부터 이곳의 모든 것은 나에게 알맞았다. 벽난로, 작은 식기들, 쓸모를 알 수 없는 소품과 벽에 붙은 풍경 사진까지 어딘가 그리운 냄새가 났다. 사진 깊숙한 곳엔 익숙한 두 개의 등이 있었다. 유채꽃밭을 등지고 먼 곳을 바라보는 등은 어떤 점 같았다. 저들은 자기 뒤에 이렇게나 흐드러진 유채꽃밭이 있다는 걸 알고도 바다를 향해 앉아 있던 걸까. 점처럼 찍힌 두 등의 곡선이 윤수와 나의 그림자를 닮았다는 생각이 들었다. 어쩌면 우리가 저들일지도 몰라. 그럴지도 몰라.

"여기."

현이 팔을 뻗어 사진을 뗐다. 나에게 주겠다고 사진을 내미는 손이 해방촌과 닮아 있었다. 해방촌. 윤수는 그 이름을 그리움을 담을 것 같은 이름이라고 했다.

"전부터 주려고 했어요."

"왜요?"

"그냥, 일 열심히 해서 보너스."

가까이 본 사진에서 바다 냄새가 났다. 그 안에 모든 이야기가 다 있었다. 이미 모든 이야기가 흘러넘치게 가득했다. 나는 언제까지고 같은 자리를 맴돈 걸지도 모른다.

팔자주름이 유쾌하게 파인 외국 남자가 로 씨는 정말 좋은 사람이라고 서두를 떼며 먼저 말을 건네 왔다.

"로 씨는 사람을 보는 눈이 특이합니다. 그의 눈동자엔 불신이나 분노, 경멸, 증오, 편견 같은 게 하나도 없어요. 나는 그를 잘 압니다. 누구보다 신에게 사랑받을 사람이에요."

굳이 설명하지 않아도 그의 표정에서 로 씨를 아끼는 마음이 다 드러났다. 누군가 내 이름을 저렇게 불러준다면, 그는 윤수일까. 한참 로 씨를 칭찬하던 남자는 뒤늦게 자신을 슐레이만이라고 소개했다.

"슐레이만이라는 이름에는 어떤 뜻이 있나요?"

"코란에 나오는 솔로몬 왕의 이름과 같아요."

이름은 불리는 만큼 의미가 중요하니까요, 하며 그가 웃었다. 3천여 년 전 잠시 살다 간 왕의 이름은 아직도 남아 누군가의 삶을 규정한다. 모든 의미는 이름일 뿐이라고, 윤수가 했던 그 말은 시간이 지나도 나의 이름을 대신했다. 그의 말들에서 나는 태어났고, 그의 말 때문에 그림을 그리게 되었으며, 그의 말로 인해 해방촌까지 왔다. 그의 말은 나의 바람이자 이름, 모든 것이었다.

문득 로 씨와 처음 만난 날 나를 부른 이름이 생각났다. 처음 듣는 목소리에 처음 듣는 발음이었지만 내 이름을 부르는 거라고 확신했던 그 순간.

"바흐르."

"그게 당신의 이름인가요?"

로 씨는 분명 바흐르라고 불렀다. 슐레이만이 고개를 갸우뚱했다.

"보통 여성의 이름은 그렇게 짓지 않아요."

"그런가요."

로 씨는 한 치의 망설임도 없는 억양으로 나를 불렀다. 그건 정확히 내 이름이었다.

"바흐르가 무슨 뜻이죠?"

그는 손에 들고 있던 것들을 옆에 내려놓고 눈을 지그시 감았다. 그의 손끝이 커다랗게, 커다랗게 자유로운 곡선을 그렸다. 그동안 궁금해하지 않았던 나의 이름이 둥글게 허공에 정체를 드러냈다.

"바다예요."

나는 그 말이 바다를 뜻한다는 걸 알았다.

"바다 중의 바다, 모든 바다를 감싸안는 가장 큰 바다."

둥글고 거대한 것이 다가왔다. 그 안에는 나의 모든 조각난 기억의 가루가 부유하고, 나를 서서히 감싸안았다. 서로의 품과 품이 경계가 허물어지고 하나가 되는 것처럼 가까운 포옹을 했다. 유채꽃이 만발한 제주의 꽃밭을 작은 조랑말들이 훑고 지나갔다. 수많은 거울을 세워두고 앉아 있던 노인과 소금내음이 밴 모래해변이 흩어져 있고, 푸른 여름의 갈대와 물을 잔뜩 머금은 겨울의 갈대가 함께 같은 파도를 넘었다.

그리고 그 너머에서 보이지 않는 점처럼 붉은 무늬가 새겨진 거북이 헤엄쳐 왔다. 어디서 봤던 거북인지, 눈을 흐리게 뜨고 들여다보았다. 존재는 언제쯤에야 온전할 수 있을지, 여전히 거북의 눈은 날카로웠다.

"수영을 아주 잘하겠네요, 당신."

거북은 숨이 부족해 목을 길게 뺐다. 손을 뻗으면 뭍으로 그를 끌어낼 수 있을 만큼 거리가 가까워지고 나서야 그가 내 발목에 새겨진 거북이라는 사실을 알았다.

"아뇨. 잘하지 못해요."

"수영을 잘한다는 건 물의 흐름을 이해하는 거예요."

슐레이만의 손가락이 다시 허공을 저었다.

"당신은 바흐르잖아요."

바다 한가운데 가라앉을 듯 허우적거리는 내가 있다. 늘 그렇듯 발목을 휘감은 조류가 정신을 혼미하게 했다.

"몸에 힘을 빼고 물속에서 편한 상태를 만들어요."

어깨를 늘어뜨리고 발장구를 치지 않으려 애썼다. 눈꺼풀이 떨렸다. 물속에서 눈을 뜬 건 처음이었다. 바다는….

"어때요?"

밝았다. 밝음으로 가득했다.

*

안녕바다에서 튕겨지듯 나와 집으로 향했다. 해가 저문 길 위로 떨어진 가로등 불빛들을 징검다리처럼 건넜다. 지금이야. 얼른 집에 가면 정말로 뭔가를 쓸 수 있을 것 같았다. 발걸음이 빨라졌다. 오늘 입은 낯선 옷과 불편한 신발에 걸음이 삐그덕거렸다.

"야."

퍽, 하고 갑자기 어두운 목소리가 뒤통수를 후려쳤다. 아니, 목소리인 줄 알았는데 내 몸은 어느새 아스팔트를 굴러 내팽개쳐져 있었다. 머리가 띵하고 시야가 흐렸다. 아픈 건가? 나는 왜 바닥에 있는 거지? 귀가 먹먹해 손가락으로 누르려고 하는데 손이 움직여지지 않았다. 그러는 사이 가로등 불빛 밖의 검은 형체가 나를 향해 뚜벅뚜벅 걸어왔다.

이런 장면은 현실감이 없었다. 방금까지 내린 비에 축축하게 젖은 바닥. 영화에서나 나올 법한 장면 속에서 나는 죽어가고 있다는 걸 깨달았다. 여기가 정말 나의 마지막인 걸까. 그렇게 정해져 있는 걸까. 숨을 들이마시려고 노력해도 산소가 잘 들어오지 않았다.

전에 한 번, 이렇게 죽는다면 어떨까 상상해본 적이 있었다. 뉴스에 한창 연쇄살인에 대한 이야기가 나올 때였다. 아무도 모르게 나도 모르는 누군가에 의해 삶이 끝난다면 어떨까. 나는 그저 누군가의 몇 번째 피해자가 되고, 내 이름은 OO이나 XX로 편집되어 세상에 남겠지. 그게 차라리 속 편하다고 생각했다. 그래도.

도와주세요.

지금은 아니었다. 나는 다시 윤수를 찾아야 했다. 우리는 꼭 만나야만 했고, 다시 새로운 말들을 하고 싶었다. 지나간 문장들을 졸업하고, 나는 다른 이야기를 써보고 싶다고.

"살려주세요."

힘이 빠진 손끝이 다급하게 바닥을 짚었다. 안 좋은 예감이 들었다. 머리에서 뜨거운 게 흘러내린다는 느낌을 받았을 때, 나를 때린 게 돌덩어리라는 걸 알았다. 주먹보다 큰 돌을 든 남자가 앞에 서서 나를 내려다보고 있었다.

"너 왜 웃어."

왜 웃느냐고. 그는 따지듯 물었다. 그것이 정말 물음인지는 모르겠는 일이었다. 내가 웃었던가? 갑작스레 닥친 상황에 나는 올바른 대답을 잃고 내가 정말 무언가 잘못한 것이 있었는지, 지난 삶을 더듬었다. 나는 누군가에게 기분 나쁜 웃음을 흘렸던가. 그럴지도 모른다. 나라는 사람은 늘 사람과 함께 있는 것을 어려워했으니까. 불편한 기분을 숨기지 못했으니까. 부딪히지 않으려고 이리저리 피하는 모습이 꼴 보기 싫었을지도 모른다.

"왜 먼저 웃음을 흘렸으면서 또 무시해?"

맞아, 그럴지도 모른다. 내가 스스로 상처받지 않으려고 애쓰는 걸, 누군가는 자신을 무시하는 거라고 느꼈을지도 모른다.

"너 내가 우스워?"

계속 이상한 기분이 들었다. 이상하다는 말로도 설명하기 부족한 기시감이.

"나 갖고 노는 거야?"

가로등 불빛이 위험하게 깜빡였다. 그가 팔을 다시 휘두름과 동시에 검은 얼굴이 가까워졌다. 그건 내 기억에 없는 처음 보는 얼굴이었다.

대학에 들어가면서 이제는 좀 다른 삶을 살아보고 싶었다. 정말 제대로거나 아주 엉망인 삶이 필요했다. 나는 내가 아닌 것처럼 행동했다. 그리고 그게 생각보다는 괜찮았다. 처음엔.

모르는 사람들에게 일부러 말을 걸고, 새로운 친구를 사귀고, 그들을 피하지 않으려고 눈을 똑바로 보았다. 열심히 부딪혔다. 윤수를 생각해서라도 삶에서 비껴나가지 않으려고 노력했다. 성적으로 들어와서 그림도 못 그리는 미대생이라고 아니꼽게 보는 시선들에 굴하지 않으려고 일부러 더 실실거린 것도 같다. 그런 나를 이상하게 보는 사람이 한 명 있었다.

나를 아는 사람이었다. 고등학교 동창이던가, 내 기억에는 없는 사람이었다. 그는 여기저기에 나를 안다고, 원조교제를 하던 애라고 말하고 다녔다. 윤수와 내가 함께 있는 모습을 봤던 걸까. 그게 누군가의 눈에는 그냥 원조교제 같은 걸로 보인 걸까. 그렇듯 애타게 그립고 사랑한 일들이 겨우 그런 일이 되어버리는 거구나. 그래서 더 애썼다. 윤수와의 기억이 그렇게 더럽혀지는 게 싫어서 그에게 더 달려든 것 같다. 그 한 명만 내 편이 되어준다면 나는 정말 다르게 살 수 있을 것 같아서.

그건 모든 새로운 다짐을 무너뜨린 최악의 실수였다. 나는 K 선생님이 해주었던 말들을 기억했어야 했다. 사람은 믿음의 대상이 아니라고.

일부러 가까워진 그와의 관계는 작고 어린 새 같아서, 바람이 둥지를 흔들면 약한 날갯짓을 반복하다가 추락할 것만 같았다. 그걸 알면서도 그랬다. 억지로 나의 마음들을 떠먹였다. 그렇게 하니 그가 점점 나를 이해하는 것만 같은 착각이 들었다. 그가 하는 헛구역질은 눈을 가리고 보지 않았다. 그래서 그랬나.

첫 중간고사가 끝난 날 함께 부어라 마신 술이 탈이 났던 걸까. 그날 나는 밑도 끝도 없이 그에게 나를 이해해달라며 내 이야기들을 늘어놓았다.

네가 오해하는 거야. 나는 원조교제 같은 거 할 수 있는 사람이 아니야. 난 성폭행을 당한 경험이 있어서 함부로 그런 걸 할 수가 없어. 그래서 수많은 이별을 했어. 그것 때문에 가장 사랑하는 사람과 이별해야 했어.

그 아이는 섬뜩하게 눈을 반짝였던 것 같다. 그리고 다음 날 모두가 그 눈으로 나를 보고 있었다.

*

아주 깊고 깊은 꿈을 꾸었다. 어쩌면 영원할 것 같은 이야기들 사이에서 나는 수없이 울었다. 아무도 상처 주지 않았는데 날을 세워 스스로를 찔렀던 순간들이 꿈속에서 조각조각 지나갔다. 나는 울면서도 눈을 감지 않았다. 눈을 감으면 다 끝날 것 같아서 기를 쓰고 눈을 뜬 채 꿈을 셌다. 마지막까지 남아 있던 작은 거북알이 부서졌다. 파편이 되고 가루가 되어 바다에 가라앉았다.

나는 그 위치를 기억했다. 윤수가 그 자리에 서 있었다.

아들 하나 딸 하나 낳아서

알콩달콩 예쁜 가정을 꾸리고 싶어

너랑.

나는 둥글게 웃고 있는 윤수에게 그러지 못하겠다, 말했다. 나는 네가 꿈꾸는 미래를 함께 하지 못할 것 같다고. 윤수의 한쪽 눈이 히끗 지워졌다.

동생이랑 살 거야.

그애까지 고생시키기는 싫어서.

나는 그러지 않았으면 좋겠다고 말했다. 나는 네가 누군가의 오빠인 걸 견딜 수 없다고. 어쩔 수 없다는 걸 알지만 나는 그냥 싫다고, 너무 싫다고. 윤수의 다른 눈이 지워졌다.

미안해. 미안하다 말하는 나에게 너는 괜찮다고 했다.

너는 평생 아름다울 사람이야.

나는 더 이상 울지 않아도 되었다.

그리고 눈을 떴을 땐 로 씨와 현이 나를 보고 있었다. 익숙하지 않은 씁쓸한 냄새가 몸을 일으키게 했다. 허리에 힘을 주어도 앉기가 쉽지 않았다. 몸의 부분들이 다 제 위치를 찾지 못하는 느낌으로 움직였다. 힘을 주어도 어디에 힘이 들어갔는지 알 수 없었다. 로 씨가 걱정스럽게 내 어깨를 만졌다.

"정말…."

입을 열자 가시가 수없이 박힌 것처럼 목이 아프게 찢어졌다. 나를 어루만지던 윤수의 목소리.

가시가 목에 걸렸다 생각하는 순간은 대부분 착각이래. 근데 이미 가시는 지나갔어.

"이거, 정말 공평하지 않아요."

현도 로 씨도 아무 말도 하지 않았다. 그래, 아무리 해도해도 이건 정말 너무했다. 정말 운명이라는 게 있다면, 모든 일이 필연이라면 이래선 안 되는 거였다.

"어떻게 한 사람한테 몇 번씩이나 이런 일이 일어날 수 있어요? 이래도 되는 건가? 한 번만으로도 비틀거리고 일어날 힘조차 없는 게 사람인데. 이건 그냥 죽으라는 거야. 죽으라는 거잖아. 아니면 이게 뭐예요."

이미 가시는 지나갔어.

윤수의 목소리가 떠올랐다. 뭐라도 집어던지고 부수고 소리를 내지르고 싶었다. 나는 무언지도 알 수 없을 무언가를 참을 수가 없어 숨을 씩씩거렸다. 화가 났는데 어디에 화를 내야 하는 건지, 울고 싶은데 왜 우는 건지.

"고생했어. 너는 아무 잘못 없어. 정말 고생했어. 미안해."

로 씨의 눈에 작은 눈물이 맺혔다. 나의 슬픔을 같이 울어줄 사람이 있다는 게 묘했다. 한바탕 소리를 지르고 났더니 땀이 쏟아졌다. 몸이 구석구석 아픈 게 실감이 났다. 근데 정신은 비현실적이라고 느껴질 만큼 개운했다.

현은 차분하게 상황을 설명했다. 아주 가끔 안녕바다 앞을 지나던 사람인데 그냥 미친놈이라고, 내가 일하는 모습을 보고 꽤 오랫동안 스토킹한 것 같다고 했다. 진작 알고 신고했어야 하는 건데, 하며 현과 로 씨는 이상하게도 자꾸만 나에게 미안하다고 했다. 미안해. 미안해.

네가 딛고 일어나려던 세상이 겨우 이 정도라 미안해.

"지금 너무 아파요."

그래그래, 하며 로 씨는 계속 훌쩍였다. 나쁜 놈이라고, 아무 잘못도 없는 내가 못된 사람한테 운 나쁘게 걸린 거라고. 로 씨는 계속 내 손등을 어루만졌다.

"그리고 아주."

그 운이 나쁘다는 말이 좋았다. 나에게는 아무 잘못도 없다는 것 같아서 나는 점점 가벼워졌다. 맞아, 나는 아주 운이 나빴던 것뿐이다.

"글이 쓰고 싶어요."

로 씨가 나를 바흐르, 라고 불렀을 때부터 이미 끝은 이렇게 정해져 있었을까. 나는 바다 중의 바다, 바다보다 큰 바다. 파도가 부서지는 빛으로 날을 샜다. 날을 새며 적어내려간 글자들은 마지막을 향해 줄지어 달려갔고 나의 선은 정갈했다. 더 이상 어떤 혼란도 없는 밤. 내가 발붙이고 살아갈 좁고 영원한 날.

나는 이야기를 다 썼다.

의미 있는 퇴보

병실 문이 열리는 요란한 소리를 들었을 때 바로 아빠라는 걸 알았다. 관자놀이에 핏대가 선 얼굴이 성큼 다가왔다. 많은 걸 눌러 참는 듯 턱에 힘을 꽉 주고 있었지만, 그 말들은 다 새어나와 내 콧구멍으로, 귀로, 입으로 흘러들어왔다.

그러게 왜 쓸데없이 집을 나간다고 해서는.

엄마랑 잘 지내는 게 뭐가 그리 어려워.

다 지난 일인데 좀 잊고 지내라.

새어나온 감정들이 너무 뜨거워 아빠의 얼굴을 제대로 보지도 못하고 앉아 있었다. 태어나지 못한 말들이 뱉어내는 무거운 한숨 소리만 선명했다. 복잡한 절차들이 지나가고 많은 얘기가 오가는 동안 나는 주인을 잃어버린 물건처럼 놓여 있었다. 크고 작은 불행들이 모이는 공간 안에서 길을 찾을 수 없어서였다. 꽤나 무심하거나 기대보다 친절한 사람들이 나에게 이것저것을 물어 갔지만 무어라고 대답했는지 기억에 남지 않았다. 매일 불행을 마주하는 저들의 시선에서 나의 불행은 다른 불행들보다 작을까, 클까. 아무쪼록 잘 부탁드린다며 아빠는 흰머리가 늘어난 뒤통수를 긁적였다.

"집으로 가자."

집이 좋은 거야, 하는 아빠를 앞세워 그림자 안에 숨었다. 젊어진 가방 안에는 이제 막 끝난 짧은 동화가 들어 있었다. 집으로 돌아가고 싶은 건 아니었다. 모든 걸 다 잊고 싶은 것도, 이제 마음의 준비가 된 것도 아니었다. 엄마가 그리운 것은 더더욱 아니었다.

"이제 엄마랑 잘 지내. 그게 너한테도 좋은 거야. 가족은 어차피 가족이야."

그저 다시 한번 싸워보고 싶었다. 달아나긴 했으나 끊어버리지 못한 싸움을 다시 하는 게 좋을 것 같다는 생각이 들었다.

아빠는 집으로 가는 내내 아무 말이 없었다. 어쩌면 내 귀에 아무것도 들어오지 못한 것일 수도 있지만, 내 머릿속은 끝도 없이 가장 싫은, 가장 검었던 날들을 되풀이하고 있었다.

부모님은 오빠를 아주 자랑스러워했다. 오빠의 작은 일 하나하나까지 엄마의 관심이 닿지 않는 곳이 없었다. 어딜 가나 가장 자랑스럽게 꺼내놓는 보석처럼 늘 목구멍 속에 지니고 다녔다. 나는 그게 꼴보기 싫었다.

처음부터 내 편을 들어주지 않았던 것도, 내 앞에서 오빠의 칭찬을 하는 것도, 날 위한답시고 밤길 조심하라는 말들도, 어쩌면 나를 아무 일도 없었던 해맑은 아이로 되돌려놓으려는 욕심이, 아니면 나를 조각조각 깨져버린 그릇을 대하듯 동정하는 것이 다 꼴보기 싫었다. 내가 괜찮아지기를 너무 바라서 억지로 괜찮다는 틀에 나를 구겨넣는다는 걸 모르지는 않았지만, 나는 나를 괜찮지 않은 채로 기다려주기를 기대했다.

나는 어떻게 해주길 바라는 게 아니라 나에게 아무것도 주지 않기를, 그저 혼자 나의 불행을 감당할 시간을 간절히 바랐다.

엄마는 그날 내가 아빠에게 말하려는 것을 막은 건 나를 걱정해서였다고 늘 입버릇처럼 말했다. 내가 너무 오랫동안 말하지 않아서 아빠도 내 말을 믿지 않을 거라고. 그러게 처음부터 엄마한테 말했으면 이렇게 일이 커지지는 않았을 거라고 했다. 나는 왜 여지껏 말하지 않았냐는 말에 아무 대답도 못 하는 내가 엄마만큼 미웠다. 나는 바보 같고 멍청해서 강간을 당했나. 이건 다 내 잘못이었나.

아무도 나에게 아니라고 해주지 않아서 나는 그냥 모두를 죽여야겠다고 생각했다. 다 죽이고 다 잊어버리자고. 하지만 그럴 수 없다는 걸 너무 잘 아는, 기껏해야 죽이는 시늉밖에 하지 못하는 내가 할 수 있는 일이라고는 나 자신을 죽이는 게 전부였다.

아빠는 그동안 돈을 벌고 빨래를 개고 있었다.

현관문은 한 번도 열려본 적이 없는 것처럼 낯설게 서 있었다. 무엇을 지키려는지 모서리를 한껏 날카롭게 추켜세우고 있었다. 앞선 아빠의 등과 닮은 모서리를 가졌다. 아빠가 멈칫거리는 나를 돌아보더니 한 발 물러섰다. 손을 뻗어 문 손잡이를 잡았다.

아니나 다를까 집은 나가던 날과 변함없이 그대로였다. TV는 여전히 실실거리고, 대낮인데도 거실은 까맣고, 엄마는 시체처럼 앉아 있었다. 지저분한 이불로 몸을 감싸고 영안실의 추위를 견디는 것처럼. 파란 TV 불빛이 거실을 덮쳤다.

나는 왜 엄마를 이렇듯 잔인하게 죽여놓고도 화가 풀리지 않을까. 애초에 나는 무엇에 화가 난 걸까. 그게 정말 엄마의 얼굴을 하고 있던 건 꿈이었을지 현실이었을지, 이제 와서는 알 수 없다는 생각이 들었다.

엄마가 나를 향해 아주 조금씩 기울었다. 해가 든 방향으로 이파리가 나듯 조금씩. 그건 생명이 태어나는 순간 같았다. 초연한 빛이 엄마와 나 사이에 덩그러니 놓였다. 미처 몰랐는데 오늘, 아주 맑았다.

어쩌면 엄마가 겨우 일격에 죽어버린 게 미웠는지도 몰랐다. 차라리 더 아파하고 울고 내가 겪은 만큼 절망했으면 좋겠는데. 나랑 같이 불행을 짊어져주었으면 좋겠는데 그냥 맥없이 끝나버려서. 더 분노하고 싶은 마음이 갈 길을 잃게 만든 게 미웠던 건지도 모른다.

"나 다시 나갈 거야."

잘못 본 걸까. 엄마의 귀 부근이 움찔, 움직였다. 아빠가 쉬는 한숨이 말의 틈을 메웠다.

"나갔다가 다시 돌아올게."

이런 말을 준비한 게 아닌데 입에서 매만지지도 못한 말들이 튀어나왔다. 어디선가 봤던 죽은 사람을 묻었는데 살아 돌아왔다는 기사가 갑자기 떠올랐다. 기억들도 감정들도 다 파편화된 채 달력의 같은 날짜를 가리켰다.

"내가 준비될 때까지 기다려줘. 난 그렇게 하고 싶어."

얼마나 더 기다려야 하느냐고 물을 것만 같았지만, 아무도 아무것도 묻지 않았다.

"부탁이야."

나는 내가 지금 그날 이후 처음으로 엄마에게 말을 걸고 있다는 걸 깨달았다. 분노가 아닌 말을 건네고 있다고.

너는 평생 아름다울 사람이야.

가시는 이미 지나갔어.

갑자기 낯이 뜨거워져 뒤돌아 현관문 손잡이를 잡았다. 그때 아주 작지만 분명한, 내가 그린 그림처럼 어지럽지만 선명한 목소리가 들렸다.

"그래."

모든 점은 공의 상태로 다시 돌아가 태초의 태동을 했다. 다시 상처받고 다시 싸워야 하는 날들이 반복된다 해도 완전히 죽지 않음에 의미 있는 것이었다.

정말로 돌아간 것이 아니라 나아간 흔적을 남기는 일들이었다, 고 생각했다.

다섯 번째 계절에

윤수야, 나는 또 한번 너 같은 사람을 기다리고 있어. 세상 어디에 있을지 모르겠지만, 너 한 번으로 족하지 못하는 나의 이기심이 부끄럽지만, 그래도 나는 계속 기다리려고 해. 나는 나의 이야기를 다 썼기에 이제 새로운 이야기를 쓸 수 있을 것 같거든.

우리가 마지막으로 헤어지던 날 너는 아무것도 묻지 않았고, 나도 아무 말도 하지 않았지만 이별인 걸 알았듯. 이제는 아무것도 묻지 않고 아무 말도 하지 않아도 나의 마음이 준비되었다고 말할 수 있을 것 같아. 어렸을 때는 억지를 부려서라도 괜찮아지고 싶었고, 좀 더 컸을 때는 괜찮아졌다고 착각하기도 했지만, 나는 계속해서 두려워하고 있었어. 내가 너의 깊숙한 곳에 입 맞출 수 없음을. 우리가 다른 연인들처럼 평범한 애정 표현을 하지 못함을. 그 때문에 수치스러울 나와 그래도 다 괜찮다고 말해줄 너의 다정함이 다 두려웠어.

두려움에 너를 빼앗기고 아주 오래간 바다를 바라보았어. 언제까지고 나는 같은 이유로 소중한 것들을 놓치게 되는 걸까.

나는 마음을 정했어. 그냥 다시 바다에 빠져 마음껏 허우적거려보기로 했어. 앞으로 더 많은 날 동안 나는 괜찮음과 그렇지 않음 사이에서 수도 없이 부딪히겠지만 최대한 힘을 빼고 바다를 만나보려고. 계곡이 굽이칠수록 바다는 품을 열고 기다려야 한다는 걸 이제 몸으로 알게 되었으니까.

이제부터 내가 할 일은 나의 보잘것없음을 받아들이는 것, 어떤 소망은 손에서 놓아주는 것, 어쩌면 영원에 대한 소망을 포기하는 것, 너와의 이별을 똑바로 마주하는 것, 삶의 한 구역을 넘어서 다른 나라로 가는 것, 가장 좋다고 생각한 도시를 졸업하고 또다시 미지로 향하는 것.

살아간다는 건 스스로 자국을 남기는 일이라는 걸 인정하고, 0의 상태로 돌아갈 수 없는 나를 있는 그대로 사랑스럽게 바라봐주는 일.

나를 응원해줘.

*

아침, 안녕바다에 들러 현과 로 씨를 보았다. 늘 함께 먹던 브런치 세트를 먹고 잘 다녀오겠다는 인사를 했다. 로 씨가 같이 가주겠다고 했지만 구태여 혼자 가겠다 했다. 언젠가 현이 준 코르크 마개가 꽂힌 작은 병을 주머니에 꼭 넣었다. 오늘, 아주 중요한 말들을 내려놓으러 간다.

아주 오랜만에 버스를 탔다. 그래도 될 것 같아서였다. 아니, 그래야 될 것 같았다. 밖은 서늘한데 버스 안은 후텁지근해서 빽빽하게 들어찬 사람들의 땀 냄새가 났다. 앉을 자리가 있어서 다행이라는 생각을 하니 창문 틈으로 조금 바람이 부는 것 같았다.

사람은 두려워하는 것으로부터 도망치지 못한다.

나를 담당한 경찰관은 생각보다 더 친절한 사람이라 여러 부분에서 세세하게 신경을 써주었다.

"그래도 다행인 게 빠르게 신고해주신 덕분에 금방 잡았습니다. 이놈, 정신병자예요."

감사합니다, 하고 말하는 그의 뒤로 다른 사람이 다가와 무어라 소곤거렸다. 지난번 신고하러 왔을 때 들어 어렴풋이 알고는 있었다. 나와 비슷한 상황의 피해자가 있다고 했다. 몇 개월 전 같은 가해자한테 당하고 신고를 늦게 해서 범인을 잡지 못했다고만 들었는데, 나로 인해 범인을 잡게 되어 그쪽도 소송을 진행할 예정이라는 이야기였다. 그 말을 듣고 차마 울지도 못하던 내 얼굴이 거울처럼 떠올랐다. 계속 움츠러들기만 했던, 분노로 가득 찬 속을 어찌할 줄 몰라 스스로를 다치게 하고, 잊으려고 기억을 부수고도 그 가루 난 조각들 때문에 덧났던 나. 그래서 오지랖 같지만 돕겠다고, 여러 번 진술을 해주겠다고 먼저 말했다.

"잠깐, 괜찮으십니까?"

고개를 끄덕이자 안쪽에서 아주 예쁜 아이가, 꽃잎만 밟으며 걸을 것 같은 아이가 나왔다. 가냘픈 몸으로 어떻게든 스스로를 지키려고 잔뜩 움츠린 모양새였다. 언젠가 본 적이 있는 얼굴이었다. 어딘가 낯익은 얼굴. 누군가에게 하염없는 사랑을 받으며 살아왔을 것 같은 깨끗한 얼굴. 이런 곳과는 어울리지 않아서 혹여 바스라질까 걱정될 만큼 작고 예쁜 그 아이는 나를 보고 입술을 달싹였다.

"감사합니다."

포근하게 안아주고 싶기도, 어느 날 윤수가 나에게 해준 것처럼 하염없이 머리를 쓰다듬어주고 싶기도 했지만 나는 그저 그 아이의 손등에 내 손바닥을 얹었다. 우리가 아주 조금 무거워진 것 같다고 생각했다. 아주 조금의 높이를 무색하게 할 아주 조금의 무게. 그건 우리가 가진 바다의 무게와 같았다.

"그 일이 있고 나서 한 번도 깊게 잠든 적이 없어요."

파도 소리가 들리는 것 같았다. 6년 전 윤수가 덜 자란 나를 안아 올려 내가 새 숨을 쉬었던 그날, 윤수의 눈 속엔 물이 고여 있었다. 지금의 나는 어쩌면 윤수와 비슷한 눈을 하고 있을 것이다.

"신고도 하지 못했어요."

"응. 알고 있어요."

가끔 무의식 중에 아무 이유도 없이 어떤 곳을 향해 고개를 돌릴 때가 있었다. 무언가를 찾는 듯도 하고 피하는 듯도 했다. 그럴 때마다 아무것도 발견하지 못하고, 혼자 머쓱함에 괜히 몇 번 더 두리번거리다가 늘 시선이 내 손으로 돌아오곤 했다. 나는 그 순간마다 내가 찾는 건 절대 놓치면 안 되는 새 계절이라는 걸 알았다. 그 계절의 냄새를 맡은 거라고.

경찰서라는 어색한 공간이 주는 이 낯설음이, 내가 모르는 새 계절 같았다. 새 꽃이 피어나고 새 바람이 불어오는 다섯 번째 계절에 떠난 여행처럼 나는 계속 두리번거렸다.

그리고 고개를 돌렸을 때 기억 저편에서 퍼져나오는 것 같은, 아주 그리운 냄새와 마주쳤다. 내가 그토록 그리워하던 꼼꼼한 손가락이, 섬세한 발목의 복사뼈가, 윤수의 정직한 턱선과 눈매가 내 앞에 있었다. 수많은 사랑과 이별과 기다림이 다 지나서 다시 사랑할 차례가 된 걸까. 그날, 작은 공 무늬로 가득했던 바람이 불어왔다. 우리가 다섯 번째 계절의 입구에 다다랐다는 걸 알리는 바람이었다.

"이설아, 너는."

너에 대해 말하려면 문장이 길어졌다. 너는 나의 가장 황량한 곳. 지치지 않고 서로를 공전하는, 처절하리만치 같은 중력을 가진 두 개의 행성. 나를 태어나게 하고, 살게 하고, 자라게 한 이름.

"역시 아름다울 사람이야."

수많은 수식어를 다 지우고도 너는 남아 있었다. 세상 모든 것이 다 부서져도 여전히 너는 남았다. 나의 영원. 내가 찾던 가장 마지막까지 남을 하나.

부끄러운 줄도 모르고 윤수의 입술에 내 입술을 맞춰보았다. 너의 감촉은 당연하다는 말이 어울릴 만큼 익숙했다. 아주 오래전부터, 어쩌면 윤수를 처음 만난 때부터 알았던 것 같은 감촉. 그래서 알게 되었다.

입술이 닿지만 않았을 뿐 우리는 이미 입을 맞추었다는 사실을.

'뿌리가 없는 존재는 없어.'

굼은 몬을 보았다. 몬은 굼을 보았다.

'우리는 같은 뿌리를 가진 서로를 발견하기 위해 떠오르는 거야.'

얽히고설킨 근원이 거기에 다 있었다.

둘은 다시 땅으로 내려왔다.

에필로그. 아무도 들어주지 않는 말들이 모이는 별

말은 들어주는 사람 없이는 온전한 말이 되지 못한다.

혹은 말이 된 걸 모른다.

홀로 존재하는 것은 어쩌면 공(公)일지도 모른다.

평생 용서하지 않을 생각이야. 하지만 미워하지는 않으려고.

채 은

주관적 세계의 이상한 이야기를 옮겨 적습니다.
가끔 길을 잃었다고 말할 수 있으면 좋겠습니다.

2018. 장편소설 〈그날의 바람엔 작은 공무늬가 가득했다〉출간
2019. 단편소설선 〈불안〉 출간

@chaemiiii.4

그날의 바람엔 작은 공무늬가 가득했다

1판 1쇄 발행 2019년 8월 9일

지은이 채은
발행인 이상영
편집장 서상민
편집 이상영
디자인 서상민, 이미원, 오진희
마케팅 손주우
교정, 교열 노경수
펴낸곳 디자인이음
등록일 2009년 2월 4일:제300-2009-10호
소 서울시 종로구 자하문로24길 24
02-723-2556
designeum@naver.com
blog.naver.com/designeum
램 instagram.com/design_eum

I
79-11-88694-51-8 03800